FRÉDÉRIC LIONEL

DIE ENTSCHEIDUNG

FRÉDÉRIC LIONEL

DIE ENTSCHEIDUNG

SCHICKSALSFALL LIONEL

AURUM VERLAG

CIP-Kurztitelaufnahme der Deutschen Bibliothek

Lionel, Frédéric:
Die Entscheidung : Schicksalsfall Lionel /
Frédéric Lionel. – Freiburg im Breisgau :
Aurum-Verlag, 1985.
ISBN 3-591-08220-1

1985
ISBN 3 591 08220 1

Gesamtherstellung:
Landsberger Verlagsanstalt Martin Neumeyer, Landsberg a. Lech.
Printed in Germany.

INHALT

Geleitwort

Dieses Buch ist die spannende Erzählung von Kriegsbegebenheiten, vor allem die Geschichte eines Mannes, der während seiner Zugehörigkeit zur Untergrundbewegung im besetzten Frankreich vier Jahre lang großen Mut bewies.

Frédéric Lionel – ein Franzose, fließend deutsch und englisch sprechend – bot seine Dienste der britischen Regierung an, um einen Rettungsdienst für Flüchtlinge aus dem besetzten Gebiet nach England zu organisieren. Er war der erste, der sich in den Hexenkessel wagte und bedrohten Menschen den Weg in die Freiheit ebnete. Lionel absolvierte ein Kommandotraining in Schottland und wurde Major der britischen Armee.

Frédéric Lionel hat nun die Geschichte seiner Erfahrungen niedergeschrieben. Sie werfen ein grelles Licht auf die Zeit zwischen 1940 und 1944. Sein Buch liest sich wie ein Abenteuerroman.

Doch jenseits der Beschreibung wahrer Begebenheiten hat dieser Bericht einen tieferen Sinn. Er wird vor allem jenen durchsichtig, die sich von esoterisch geistigem Geschehen angezogen fühlen. Frédéric Lionel, von Hause aus Kybernetiker, hat die zeitlose Wahrheitstradition studiert. Er lehrt in Zusammenkünften und Seminaren in Europa und, was England betrifft, unter anderem im Rahmen des Wrekin Trust.

Der Autor sieht seine Kriegserfahrungen in Frankreich als Übergang in ein anderes Bewußtsein. Ihm wurde unmißverständlich klar, daß seine Entscheidungen unsichtbar begleitet und beeinflußt wurden – von einer Führung, die in merkwürdiger Weise dem »Sein« entsprach. Mit dieser Erkenntnis erwachten die intuitiven Fähigkeiten; Frédéric Lionel konnte unmittelbar seiner inneren Stimme folgen – ständig eine Bereitschaft offenbarend, die dieser Leitung entgegenkam.

Der Führung des »Seins« folgend, ließ Frédéric Lionel Meinung und Denkgewohnheiten fallen; er lernte, seiner Intuition unmittelbar zu vertrauen. Und genau dieses Vertrauen ist es, das wir alle entwickeln sollten. Das geistige Erwachen in unserer Zeit ist ein Appell; geistig zu erwachen, ist als Aufgabe vorrangig, weil der innere Meister zu suchen ist, dessen Leitung sich das eigene schöpferische Handeln unterstellen soll. In Zeiten großer Umwälzungen, wie sie zu erwarten sind, ist dies unerläßlich. Wir müssen unser Bewußtsein verwandeln, denn alles wandelt sich in unserer Gesellschaft und in der Welt. Dieser Wandel ist wie eine notwendige Reinigung unseres Planeten – und damit eine notwendige Einleitung zu einem neuen Zeitalter.

Die Analogie zum Kriegsgeschehen ist oftmals geeignet, geistige Situationen zu kennzeichnen. Es scheint, als ob sich große Ereignisse im Wandel der Menschheit in den nächsten zwanzig Jahren vorbereiteten. Nie zuvor war dies so sehr der kommenden Generation vorbehalten wie heute. Deshalb lassen sich Frédéric Lionels Kriegserfahrungen als eine Dokumentation dessen verstehen, wie höhere Welten einen Menschen beeinflussen können.

Ich kann dieses Dokument einer persönlichen Erfahrung nur wärmstens empfehlen, denen vor allem, die ein anderes Bewußtsein anstreben. Es ist die Geschichte eines mutigen Mannes, der im Einsatz seines Lebens den Kräften des Lichts diente.

Sir George Trevelyan

Vorwort

Dieses Buch – als Autobiographie – trifft ins Zentrum eines evolutiven Geschehens. Von hier geht seine Faszination aus, denn es spiegelt in seinen intimsten und sublimsten Partien exemplarisch die Veränderung des Bewußtseins, die der Menschheit des »Wassermann-Zeitalters« bevorsteht.

C. G. Jung, Jean Gebser, Sri Aurobindo, Karlfried Graf Dürckheim – all diese Namen stehen für viele weitere, die bewußt den Weg ins Morgen beschritten und all jene begleiten, die das abenteuerliche Geschehen unserer Menschheitsreise noch nicht wahrnehmen wollen. Dabei stehen wir mitten darin. Wie sehr, kann ein einziges Leben verdeutlichen, das den spezifischen Individuationsweg eines Mannes aufzeigt. Es ist das Leben eines haßfreien »Gegners« im letzten Weltkrieg. Auf seinem Hintergrund spielt sich etwas ab, das mit bloßem Situationszwang und sogenannter Geistesgegenwärtigkeit nicht erklärt werden kann. Wollte man nur diesem Gedanken nachgehen – der Autor wäre schlechterdings keinmal mit dem Leben davongekommen und hätte wohl auch kein anderes retten können. Doch beides war unzählige Male der Fall. Wieso?

Frédéric Lionel glaubte nicht nur an die Kraft des Geistes, er erfuhr, wie diese Kraft in ihm wirksam wurde und ihn zu einem Handeln in völliger Angstfreiheit befähigte, das den Rahmen seiner einstigen und der

Menschen Weltorientierung sprengte. So dokumentiert seine Entscheidung den geistigen Weg der Alchemie.

Politik hin, Völkerverständigung her: Mit dem alchemischen Denken hat es seine eigene Bewandtnis. Der Mensch ist das Maß, ungeachtet aller Nationalitäten und aller Religionen. Äußerer Friede stellt sich nur ein, wenn wir zuerst den inneren Frieden finden. Wahrer innerer Frieden? So viel hätte Alchemie, nüchtern und sachlich, mit uns zu tun? Beginnt hier ein neuer Weg in eine neue Welt, ohne daß der Wunsch nach einer besseren nur fromm wäre?

Die innere Wandlung, von der hier die Rede ist, meint de facto und ganz konkret zugleich die Verwandlung der Welt. Vergangene Erfahrungen und heutige Problematik würden so Ausgangspunkt einer grundsätzlichen Revision der Weltlage. Sie könnten zu Lösungen führen, die wir mißachten, weil wir nicht an die Kraft des Geistes glauben, die Berge versetzen kann – allerdings nur, wenn man sich ohne Voreingenommenheit der wahren Erkenntnis öffnet.

Deshalb veröffentlichen wir dieses Buch – in Deutschland, im Herzen Europas, in dem die Kraft neuen Bewußtseins keimt und wächst, eines Bewußtseins, das sich nicht in den Strukturen nationaler Grenzen und völkischer Gefühle bewegt, sondern am Bild des Menschen als dem Abbild eines Höheren arbeitet. Um so lieber führen wir diese Geschichte der Öffentlichkeit vor Augen, als ein Elsässer, ein Franzose, ein »Deutschfranzose«, ein Nachbar sie uns Deutschen erzählt, einer, der die Entscheidung getroffen hat – die Entscheidung für den Menschen.

Aurum Verlag

Vorbemerkung

Die folgenden Zeilen sollen nicht nur historische Ereignisse der nahen Vergangenheit beschreiben, die ja fast zur Zerstörung einer Welt führten; sie sollen dem Leser helfen, sich darüber bewußt zu werden, daß dramatische Umstände eine ganz neue Sicht der Dinge hervorrufen. Vielleicht ist es gerade unter dem scheinbar unerträglichen Druck des Schicksals leichter, den Weg zu finden, der es dem Menschen ermöglicht, seiner Berufung zu entsprechen. Denn im Alltag vergißt er nur allzuoft das Wesentliche.

Alle geschilderten Ereignisse sind wahrheitsgetreu wiedergegeben; nur bestimmte Namen - von Personen wie von Ortschaften - wurden aus verständlichen Gründen geändert.

Der Entschluß des Autors, dieses Buch in Deutschland vorzulegen, folgte einer uralten und im Freundeskreis wieder aufgeworfenen Frage: »Sind wir in unserer Wahl frei, oder werden wir, bewußt oder unbewußt, geleitet?« Mit anderen Worten: Ist unsere Wahl das folgerichtige Ergebnis unserer Überlegungen, oder ist sie Ausdruck einer Eingebung, die das rationale Denken übersteigt?

Frédéric Lionel

I

Es war einmal . . .

»Schau' nicht zurück, wenn du das Leben entdecken willst. Die Vergangenheit ist tot, und der Weg zum Leben liegt vor dir.«

Dies waren meines Vaters letzte Worte, bevor er mich für immer verließ. Ich verstehe, was sie mir sagen wollten. Und doch muß ich heute zurückblicken, wenn ich Ereignisse schildern will, die nicht nur meinen Schicksalsweg zutiefst beeinflußten, sondern auch zu einem ganz neuen Selbstverständnis und Weltverständnis führten.

Es ist zwar verführerisch, diese Erzaählung mit den Worten zu beginnen: »Es war einmal . . .« Doch um ein Märchen handelt es sich nicht, mag auch der Gedanke naheliegen, daß wohlgesonnene Feen dem neugeborenen Kinde ihre Gaben brachten: »Du wirst gesund sein, du wirst die Welt kennenlernen, du wirst keinen Hunger leiden« – und ähnliches mehr. Jedoch genau wie im Märchen kam zuletzt noch die böse Fee, die man einzuladen vergessen hatte, mit ihrem Geschenk: »Kein leichter Weg liegt vor dir. Alles, was du tun mußt, wirst du unter großen Schwierigkeiten tun müssen.« Und die »böse« Fee verschwand.

Heute frage ich mich, ob nicht diese scheinbar düstere Prophezeiung die eigentliche Gabe war, denn gerade dank dieser Schwierigkeiten ist es mir gelungen, mich nicht nur in mein Schicksal zu fügen, sondern dieses Geschick unverwechselbar zu meinem eigenen zu machen, mich selbst gewissermaßen dorthin zu schicken, wohin ich vielleicht gehen sollte.

Platon sagte einst: »Die Welt unserer Einbildung ist unser Gefängnis.« Der unausgesprochene Wunsch, jenem Gefängnis zu entrinnen, mag auch diesen Bericht rechtfertigen. Denn jede Erfahrung, die der Mensch im Dasein macht, kann den Schleier lüften helfen, der das Warum des Erdenweges verhüllt. Ich verkenne keineswegs die Hürden auf dem langen Hindernislauf, verfestigte Meinungen aufzugeben und jenseits sichtbarer Begebnisse einen unsichtbaren Sinn zu erkennen, der dem Schicksal erst Bedeutung gibt. Diesen Sinn wahrzunehmen – dessen bin ich gewiß –, heißt, das Glück erschließen, das jedem zugedacht ist.

An einem schönen Nachmittag im September des Jahres 1938 saß ich im Café de la Paix in Paris, dem bekannten Treffpunkt im Herzen der Stadt nahe der Oper. Vor mir eine Zeitung, deren Titelseite in großen Lettern den Abschluß des Münchner Vertrages ankündigte. Hitler, Mussolini, Chamberlain und Daladier hatten ihn unterschrieben. Von der Nachricht zutiefst betroffen, drang plötzlich wachsender Lärm an mein Ohr, und wirres Durcheinanderrufen ließ mich aufhorchen. Daladier, stehend in einem Auto, fuhr vorbei. Die Menschen jubelten ihm zu, überzeugt, er habe den Frieden gerettet. Mir selbst fehlte diese Überzeugung, und ich war mir bewußt, daß sie bei anderen einer gefährlichen Illusion entsprang. Die Kapitulation in München, dachte ich, war nichts anderes als der Vorläufer dramatischer Ereignisse, die nun nicht mehr zu vermeiden waren.

Die oft langen Diskussionen mit Berliner Freunden meiner in der deutschen Hauptstadt geborenen Frau hatten mich davon überzeugt, daß auf der anderen Seite des Rheins ein unbeugsamer Wille herrschte, den angeblichen Schandfleck des verlorenen Ersten Weltkrieges auszuwetzen.

Als Elsässer spreche ich fließend deutsch, wenngleich ich auch nicht im Elsaß erzogen wurde; meine Großeltern hatten Straßburg seinerzeit verlassen. Meiner Frau Heidi war ich vor wenigen Jahren im Engadin begegnet. Es war, wie es so heißt, »Liebe auf den ersten Blick«, zumindest von meiner Seite, denn Heidi zögerte lange, bevor sie sich entschloß, meinen Heiratsantrag anzunehmen. Der Gedanke, nach Paris zu ziehen, machte ihr zu schaffen. Sie war sehr stolz, ein deutsches »Sportmädel« zu sein, das mit seinem Bild die Titelseite so mancher damaligen Zeitschrift zierte.

Wir heirateten in Berlin im Jahre 1933, und als wir von der protestantischen Kirche nahe dem Kurfürstendamm zum Hause der Eltern fuhren, demonstrierte das Volk auf den Straßen und schlug die Fensterscheiben jüdischer Geschäfte ein. Solche Demonstrationen waren damals von der nationalsozialistischen Partei inszeniert, die langsam, aber sicher, ihre Macht auf allen Ebenen ausdehnte.

Heidis Vater trug das Eiserne Kreuz erster Klasse sichtbar auf seinem Rockaufschlag, und sowohl er als auch seine Frau schienen die schreienden und johlenden Menschen nicht zu bemerken. Heidi jedoch, das spürte ich, hätte sich gerne zu den Demonstranten gesellt, denn ihnen galt ihre ganze Sympathie.

Wir verließen Berlin, um uns in Neuilly, einem Vorort von Paris, niederzulassen. Sehr schnell nahmen wir regen Anteil an einem noch regeren Großstadtleben; unser Freundeskreis wuchs ständig, und manche Nacht kamen wir erst sehr spät nach Hause. Zwei Mädchen, Anne-Marie und Martine, wurden uns in den kommenden fünf Jahren geboren. Die Jüngste war zwei Jahre alt, als der Krieg ausbrach.

Kurz zuvor hatte sich in Berlin eine Tragödie abgespielt. Mein Schwiegervater, ein sehr bekannter Augenarzt, der eine Augenklinik im Westen der Stadt leitete, wurde umgehend seines Postens enthoben, als man feststellte, daß sein Großelternteil jüdischer Abstammung war. Zutiefst betroffen und unüberlegt, hatte er Deutschland verlassen, als man ihm einen Posten in einer südamerikanischen Hauptstadt anbot. Seine Frau weigerte sich jedoch, ihm zu folgen, da sie in ihrem Vaterland bleiben wollte, und dies um so mehr, als sie sich, seit Heidis Geburt, nur an Krücken fortbewegen konnte. Sie schrieb verzweifelte Briefe an ihre Tochter, doch Heidi, im Taumel einer neu entdeckten Zuneigung zu einem viel älteren Mann, Guy von Soundso, dessen Titel sie anzog, vergaß meistens zu antworten. Kurz gesagt, Heidis Mutter, im Gefühl, völlig von Mann und Tochter verlassen zu sein, nahm sich das Leben. Heidi, die sich plötzlich ihrer Verantwortung bewußt wurde, erlitt einen schweren psychischen Schock, den sie niemals ganz überwand.

Als ich an diesem Septembertag, an dem Daladier von München zurückkam, in meine Wohnung trat, fand ich einen Brief von Heidi vor. Kurz und bündig teilte meine Frau mir mit, sie habe sich entschlossen, ihr Leben an der Seite von Guy zu verbringen und mich und die Kinder zu verlassen. Es war ein Schlag, obwohl er nicht unerwartet kam. Meine Zuneigung zu Heidi hatte sich in den Jahren verändert, aber sie war tief. Auch wußte ich, daß Guy, der verheiratet war, seine vermögende Frau nie wirklich verlassen würde. Meine Vermutung war - wie sich später bestätigen sollte -, daß Guy in der Voraussicht kommender Ereignisse mit Heidis Hilfe hoffte, Kontakte zu deutschen Kreisen herzustellen. Die psychologische Vorbereitung, die den Sieg der Wehrmacht als sicher vorausgesagt hatte, war bei Guy auf fruchtbaren Boden gefallen.

Die Trennung einer Ehe ist für Kinder immer eine einschneidende Erfahrung. Das Kindermädchen Zell - eine Abkürzung für Mademoiselle, die Anne-Marie geprägt hatte - sorgte aufopfernd für beide Mädchen, konnte jedoch selbstverständlich die Mutter nicht voll ersetzen.

Meine Erinnerungen aus jener Zeit sind verschwommen - aus Abwehr vielleicht, weil man sich dessen, das man lieber vergessen möchte, nicht entsinnen mag. Auch war mir damals nicht bewußt, daß bestimmte tiefgehende menschliche Verbindungen einer uns nicht zugänglichen Logik entspringen, die man im Osten als »Karma« bezeichnet. Heute zweifle ich nicht daran, daß es mir zugedacht war, diesen Teil des »Karmas« zu beenden.

Die Tage vergingen, ja auch die Wochen und Monate. Der Pseudofrieden wurde durch einen Pseudokrieg ersetzt, und schließlich brach der blutige Krieg aus. Vielleicht sollte ich nicht vergessen zu erwähnen, daß ich als Kybernetiker in einer kleinen Fabrik, die ich gegründet hatte, arbeitete, deren Aufgabe es war, das kommende elektronische Zeitalter in der Perfektionierung der Luftfahrt in die Wege zu leiten. Ich war somit nicht ins Feld gezogen und befand mich am vierzehnten Juni in der Kabine eines Lastkraftwagens, der wichtige Dokumente und Pläne nach Bordeaux bringen sollte, einer Stadt jenseits einer Verteidigungslinie, die den deutschen Vorstoß aufhalten sollte. Die Regierung war bereits dorthin geflohen.

Chauffeur war ein junger Mann namens Theodor Godot, der mir am Vortag geholfen hatte, die »Reise der letzten Chance« vorzubereiten. Als wir endlich bei Sonnenaufgang losfuhren und ein von den Einwohnern vollkommen verlassenes Paris hinter uns ließen, kreuzten wir den ersten motorisierten Spähtrupp der Invasoren. Wir hatten eine ganze Anzahl voller Benzinkanister mitgenommen, da wir wußten, daß alle Brücken über die Loire in die Luft gesprengt worden waren und sicherlich große Umwege nötig sein würden, um auf einer Fähre den Fluß zu überqueren.

Die Landschaft, friedlich im strahlenden Sonnenlicht, ließ uns den Krieg vergessen, obwohl seine Spuren überall sichtbar waren. Der Exodus nahm seit kurzem denselben Weg und kämpfte mit denselben Schwierigkeiten. Die Häuser der Dörfer hatten verschlossene Fenster und Türen, keine Seele war zu sehen, doch spürte man die Angst der Einwohner, die sich in der Erwartung des Schlimmsten versteckt hielten. Einige Male wurden wir von zerstreuten Soldaten aufgehalten, die uns baten, sie mitzunehmen. Soweit wir Platz hatten, taten wir es.

Unter ihnen befand sich ein britischer Offizier, der auf irgendeine Möglichkeit hoffte, nach England zurückzukehren. Wir kamen ins Gespräch, und er erzählte mir, daß er in Indien ein Regiment kommandiert hatte, aber seit einigen Monaten in Belgien stationiert sei. Allerdings verschwieg er, auf welche Weise er allein und verlassen auf dieser Landstraße gelandet war. Da ich gut englisch spreche, entstanden schnell ein gegenseitiges Vertrauen und eine gewisse Sympathie zwischen uns. Dereck – so war sein Name – zog mich an, nicht zuletzt, weil mir sein trockener englischer Humor gefiel. Hochgewachsen, blauäugig und mit einem blonden Schnurrbart und leicht rötlichem Haar, war er der typische selbstbewußte britische Offizier. »Der Buddhismus hat mich stark beeinflußt«, sagte er am Abend unseres Zusammentreffens; »ich habe, als ich mich mit ihm beschäftigte, das Christentum besser verstanden und bin überzeugt, daß so manche Europäer vom Kriegsspiel abließen, wären sie Buddhisten.«

»Dann würden Sie ja Ihren Beruf verlieren«, meinte ich scherzhaft. »Vielleicht«, antwortete er, »dann könnte ich aber buddhistischer Mönch werden und dies um so lieber, als mir die gelbe Kutte gut steht.«

Ich denke heute, diese Worte waren ernster, als ich annahm, um so mehr, als er hinzufügte:

»Den Rahmen aufgeben, an dem wir hängen, ist eine wesentliche Entscheidung. Wir sollten lernen loszulassen, damit wir verstehen lernen, daß wir uns an eingebildete Werte klammern, die uns hindern, das Wesentliche zu erkennen. Von allen Bindungen frei zu werden, ist ein großes Glück. Eine zerschlagene Welt mag zum Aufbau einer neuen, vielleicht besseren Welt, verhelfen.« »Ein großes Glück?«, rief ich ungläubig aus; »meine Familie ist zersplittert, meine alten Eltern habe ich unweit von Paris zurückgelassen. Und obwohl mir gesetzlich beide Kinder zugesprochen wurden, gab ich meine Zustimmung, daß meine Frau sie mit sich nach Biarritz nahm. Ihre Sicherheit ist natürlich wichtiger als mein Recht, doch zu behaupten, die so gewonnene Freiheit sei ein Glück, übersteigt mein Verständnis. Außerdem ist der Krieg verloren, alles ist zusammengebrochen, und das sollte begrüßenswert sein?«

Dereck nickte mit dem Kopf. »Jawohl, durchaus zu begrüßen. Ein Geschwür muß man aufschneiden, wenn es zu groß wird, damit man erkennen kann, was es hervorgebracht hat.«

Heftig widersprach ich: »Diese Erkenntnis löst das Problem nicht, sie ist in keiner Weise konkret!« Dereck zuckte die Achseln.

»Erklären Sie mir erst, was konkret oder abstrakt ist. Sind die zerstörenden Kräfte, die heute in der Welt walten, konkret und diejenigen, die sich ihnen widersetzen, abstrakt? Sich ihnen oder jenen anzuschließen, ist eine Wahl, die jeder treffen muß, wenn er sein Schicksal erfüllen will. Wir können später einmal darüber sprechen.«

Gespräche dieser Art führten wir oft, und sie halfen mir, die dunklen Gedanken zu verdrängen, die mich immer von neuem überwältigten.

In Bordeaux trennten wir uns für kurze Zeit. Die Fahrt hatte lange gedauert, denn technische Schwierigkeiten, die wir nur mit Mühe überwinden konnten, hielten uns zurück. Godot brachte den Lastkraftwagen an die uns angewiesene Stelle, und ich ging zur *Préfecture*

Maritime, der Verwaltungsstelle der Kriegsmarine, in der ein Freund von mir, ein junger Marineoffizier, arbeitete oder zumindest gearbeitet hatte. Ich fand ihn ohne Mühe, und er begrüßte mich mit den Worten:

»Wunderbar, du kommst mit!«

»Wieso, wohin denn?« fragte ich erstaunt. Er flüsterte:

»Wir werden den Kanal überqueren und diese verseuchte Stadt verlassen. Man erstickt ja hier im Dreck. Niederlage, Waffenstillstand, Geld und noch so allerlei machen die Menschen verrückt.«

»Hast du de Gaulle gehört?«

»Nein«, antwortete ich, »wer ist denn das?«

»Ein General, du wirst ihn kennenlernen.« Ich stutzte.

»Was soll ich denn in England machen?«

»Dich uns anschließen, weiterzukämpfen oder noch viel besser, hierher zurückkommen«, antwortete Yvon.

»Hunderte, ja Tausende von Tschechen, Polen, Belgiern werden nur allzu froh sein, den Krieg in England fortzusetzen. Du sprichst deutsch, das zu können, wird hier wohl unerläßlich werden. Ich gehöre, wie du weißt, dem sogenannten »Zweiten Büro« an, anders gesagt, dem Geheimdienst der Marine. Von London aus werden wir deine Rückkehr organisieren, und so, wie ich dich kenne, wirst du all denen, die zu uns wollen, den Weg ebnen, der dies ermöglicht.«

Das Utopische einer solchen Behauptung unter den waltenden Umständen war überdeutlich, aber ich fühlte mich plötzlich von Yvons Enthusiasmus angesteckt. Die Worte Derecks schwirrten in meinem Kopf. »Sein Schicksal in die Hand nehmen! Die freie Wahl!«

»Einverstanden«, erklärte ich, »wann fährst du?«

»Morgen, bald wird es sowieso nicht mehr möglich sein.«

»Ich komme mit, aber nur unter der Bedingung, hierher zurückkommen zu können.«

»Selbstverständlich«, versprach Yvon.

»In diesem Fall«, fuhr ich fort, »kann ich meine Kinder nicht hier lassen. Sollte ich hoppgenommen werden, würde man sie als Geiseln festhalten, und ich könnte zu Aussagen gezwungen werden, die Menschen, die uns halfen, in Gefahr brächten.«

Er kratzte sich nachdenklich das Kinn.

»Die Kinder herauszukriegen, ist undenkbar – allerdings . . .«

»Allerdings?« wiederholte ich. Er schaute auf den Kalender.

»Morgen abend kommt in Sète ein Schiff an, das unter ägyptischer Flagge segelt, um eine Anzahl britischer Militärs, die sich nach Südfrankreich durchgeschlagen haben, einzuschiffen. Ich unterschreibe dir einen Marschbefehl, verschaffe dir ein Auto und Benzin, du holst deine Kinder ab und schiffst dich mit ihnen und den britischen Soldaten ein. Ich rufe den zuständigen Marinepräfekten in Sète an, damit er im Bilde ist und euch hilft, denn sonst lauft ihr Gefahr, daß der Kapitän Schwierigkeiten macht.«

»Einverstanden«, antwortete ich, »allerdings müßtest du mir einen Marschbefehl auch für einen englischen Offizier, Edward Dereck, ausstellen und auch einen für Theodor Godot. Ersterer ist britischer Offizier und wird ohne weiteres mit den Briten an Bord können. Letzterer ist ein braver Kerl, der als Chauffeur mit mir hierher fuhr.«

Yvon schien zwar nicht sonderlich erfreut, unterschrieb jedoch die notwendigen Papiere und überreichte sie mir mit den Worten:

»Rendezvous im Regent Hotel in London. Der Portier wird dir meine Adresse geben, sollte ich nicht dort sein. Au revoir.«

Bordeaux war mit Flüchtlingen überfüllt, und die Gespanntheit und tiefe Verunsicherung aller Vorüberhastenden waren deutlich spürbar. Die absurdesten Nachrichten wurden kolportiert, und auf den Gesichtern konnte man die Angst vor der völlig ungewissen Zukunft ablesen. Nirgendwo mehr als in Bordeaux spürte ich die zersetzende Kraft der Angst, die Menschen ohne ihr Zutun erfaßt und sie des klaren Verstandes beraubt.

Dereck und Godot traf ich, wie vorgesehen, in einem Bistro. Beide waren einverstanden und über die Lösung, die sich bot, sehr erfreut. Godot hatte als Hilfsarbeiter in einer Fabrik gearbeitet und sich mir freiwillig in Paris angeschlossen. Seine Eltern lebten auf dem Lande. Anfangs wollte er studieren, hatte jedoch bald aufgegeben, da das Studium für ihn zu schwer war. Die Arbeit in der Fabrik gefiel ihm nicht; mich zu begleiten, entsprach wohl mehr seinen Vorstellungen. Hellblond, fast Albino, kurzsichtig und deshalb vom Militärdienst befreit, schien ihm das bevorstehende Abenteuer eine willkommene Gelegenheit zur Selbstbestätigung.

»Was geschieht«, fragte Dereck, »wenn Ihre Frau sich weigert, Ihnen die Kinder zu überlassen?«

»Ich hatte bereits daran gedacht und war eigentlich sicher, daß Heidi nicht ohne weiteres zustimmen würde. Zudem wollte ich sie zu überreden versuchen mitzukommen, weil der Plan, nach Frankreich zurückzukehren, nur ausführbar war, wenn ich hier meine völlige Bewegungsfreiheit hatte. Ihre Anwesenheit in Frankreich, speziell durch ihre Beziehung zu Guy, wäre eine ständige Bedrohung. Sie zu überzeugen, würde nicht leicht sein, um so mehr, als ich Heidi unter den gegebenen Umständen nicht ins Vertrauen ziehen wollte und konnte, also ihr meine Absicht zurückzukommen, verschweigen mußte. Und ich sann nach, welche Argumente ihr eine solch wichtige Entscheidung abnötigen könnten.

»Überlassen wir dies der Zukunft«, antwortete ich auf Derecks Frage, »Heidi hat eine sehr ausgeprägt gespaltene Persönlichkeit. Der Schock, den sie vor einiger Zeit erlitt, steckt ihr noch immer in den Gliedern und hat diese grundsätzliche Disposition noch verschlimmert. An manchen Tagen ist sie jedweder Logik verschlossen.«

II
Gibraltar - auf dem Weg nach Lissabon

Wir erreichten Biarritz mitten in der Nacht. Ich wollte das Morgengrauen abwarten, bevor ich Heidi aus dem Bett holte. Dereck und Godot hatten sich recht und schlecht auf den Sitzen des Wagens hingelegt, und ich ging nervös an der Böschung entlang auf und ab, bei der wir Halt gemacht hatten.

War ich nicht ein Don Quichotte, der gegen Windmühlenflügel anrannte? Die verschiedensten Gedanken kreuzten sich in meinem Kopf. Wie war Heidi zu bewegen, mir die Kinder zu überlassen oder selbst mitzukommen? Wieder und wieder suchte ich nach Rechtfertigungen für meinen Entschluß. Dereck, der sich mir unhörbar genähert hatte, faßte mich beim Arm.

»Nur die Ruhe macht es«, sagte er leise, »vergessen Sie ihre Ängste, Meinungen und Vorstellungen. Nur so können Sie der Spannung entgehen, in der Sie sich befinden. Nur spannungslos können Sie die richtigen Worte finden, um ihre Frau zu überzeugen.«

Ich fand Heidi allein in ihrem Schlafzimmer, und vielleicht ist es überflüssig, das sehr lange dauernde Gespräch zusammenzufassen. Wie schon erwähnt, war Heidi seit dem Tode ihrer Mutter in einer sehr anfälligen psychischen Verfassung, und ihr jeweiliges Betragen war um so unvorhersehbarer, als es von einem Augenblick zum anderen wechselte. Jetzt verständnisvoll, gleich darauf aggressiv, fast haßerfüllt und sodann wieder völlig einverstanden, spiegelte unsere Diskussion ihre Gemütsbewegungen wieder. Ich machte Heidi klar, daß es angesichts der bedrohlichen Kriegslage für sie äußerst vorteilhaft wäre, mich zu begleiten und in London den Verlauf der Dinge abzuwarten. Wir seien zwar gerichtlich getrennt, doch nicht geschieden, und so wäre sie legal als meine Frau in London völlig sicher. Ich würde, teilte ich ihr mit, der sich in London bildenden alliierten Armee beitreten. England, so behauptete ich, sei der Mittelpunkt der freien Welt. Bis zum Ende des Krieges könne man hier in Frankreich nicht wissen, mit welchen Verhältnissen zu rechnen sei. Lebensmittelknappheit stünde unweigerlich bevor. Insofern sei es viel vernünftiger, versicherte ich mit Nachdruck, sie käme mit den Kindern mit mir. Schließlich stimmte Heidi zu, und so beauftragte ich Zell, die die Kinder begleitet hatte, sobald wie möglich nach Paris zurückzureisen, um die Wohnung zu hüten. Auch versprach ich ihr, daß meine Eltern die notwendigen Spesen ihres Aufenthaltes dort übernehmen würden.

Endlich fuhren wir mit Sack und Pack los. Die Reise quer durch Frankreich war wie ein Alptraum. Kaum hatten wir Biarritz verlassen, machte Heidi, in Gedanken an Guy, Anstalten, aus dem Auto zu springen. Und kaum wieder beruhigt, sann sie auf eine Möglichkeit, von der erstbesten Stadt aus Paris zu erreichen, was ja momentan sowieso unmöglich war, da keinerlei Züge verkehrten. Spät nachts kamen wir endlich in Sète an. Um ein Dach über dem Kopf zu haben, fuhren wir in der völlig falschen Hoffnung zum Bahnhof, im Wartesaal recht oder schlecht unterzukommen. Alles war überfüllt. Flüchtlinge aus den Frontgebieten waren hier gestrandet im guten Glauben, sie könnten nach dem französischen Nordafrika weiterreisen. Gepäckstücke, Decken und Matratzen lagen umher. Verschmutzt, ungewaschen und voller Verzweiflung in der völligen Ungewißheit der unmittelbaren Zukunft harrten alle der Dinge, die da kommen sollten.

Dereck und Godot gelang es, zwei Gepäckwagen zu einem Notlager für die Kinder auf dem Quai zurechtzumachen, und ich ging fort, den Marinepräfekten zu wecken, da ich keine Sekunde verlieren wollte, sollte das ägyptische Schiff eingelaufen sein. Auch wußte ich, daß im Falle eines Waffenstillstandes, der bevorstand, alle Häfen geschlossen werden würden, und so tat Eile not.

Der Marinepräfekt, den ich aus dem Bett holte, war trotz seiner Freundschaft zu Yvon recht unfreundlich. Das ägyptische Schiff sei abgefahren, erklärte er, der Krieg sei zu Ende, Marschall Pétain übernehme die Regierung, und jetzt noch nach England zu wollen, hieße, ihm untreu werden. Jetzt müsse jeder sich der neuen Lage anpassen. Ich bestand auf meinem Vorsatz, und so versicherte der Marinepräfekt nach einigem Zögern, daß vielleicht schon am heutigen Morgen – denn inzwischen begann es zu dämmern – ein letztes Boot, im Besitz zweier griechischer »Banditen« (so nannte er den Kapitän und seinen Bruder), Sète verlassen könne, angeheuert von belgischen Diamantenhändlern, die nach Lissabon wollten.

»Gibraltar liegt auf dem Weg nach Lissabon«, meinte der Marinepräfekt. »Aber«, fügte er hinzu, »es ist heller Wahnsinn, in ein Land zu wollen, das über kurz oder lang gezwungen sein wird zu kapitulieren. Wenn die zwei ›Banditen‹ Sie mitnehmen, drücke ich ein Auge zu, bevor ich den Hafen schließe.« Mit einem Seufzer erhob er sich, offensichtlich froh, den Fall abgeschlossen zu haben und wieder ins Bett gehen zu können.

Dereck, Godot und ich machten uns sofort auf die Suche nach den zwei Griechen. Wir fanden sie am frühen Morgen beim Frühstück in einem kleinen Café beim Hafen. Sie verlangten eine hohe Summe, die ich nicht besaß. Ich leerte meine Brieftasche, legte die Noten auf den Tisch und zog fragend meine Augenbrauen hoch. Die zwei »Banditen« verstanden die Geste. Da sie nicht mehr herausholen konnten, gaben sie sich zufrieden über diesen zusätzlichen Verdienst, und so gingen wir sofort mit Kind und Kegel an Bord.

Die Sonne schien, das Meer glitzerte blau und ruhig, die Stadt schien wie eine Oase des Friedens in einer aus den Angeln gehobenen Welt. Die Reise begann. Die *Dora* segelte unter panamaischer Flagge. Rostig, schwarz, lärmend, schaukelnd, ähnelte sie mehr einem verlotterten, zumindest sehr schlecht gewarteten Frachter als einem Passagierdampfer. Zusammengepfercht in einem viel zu kleinen Raum, zum Teil seekrank, gezwungen, soweit man überhaupt essen wollte, etwas zu essen, das man sonst von sich wies, war die Aussicht, einige Tage unter derartigen Umständen zu verbringen, recht trostlos. Den Kindern konnten wir nur in Zuckerwasser getauchtes Brot geben oder bestenfalls einige Löffel Kondensmilch. Von den belgischen Reisenden wurden wir als Eindringlinge betrachtet und feindlich behandelt. Heidi, die blonde Deutsche, stellte für sie das von ihnen Gehaßte vor, und so taten sie alles, um es sie fühlen zu lassen.

Dereck war es, der seine gute Laune behielt. Er bemutterte die Kinder, denn Heidi in ihrer psychischen Labilität kümmerte sich kaum um sie und lief hinter Pierre her, dem Kapitän, wahrscheinlich um der widerlichen Situation zu entgehen. Dieser Pierre war übrigens ein recht gut aussehender untersetzter Mann mittelländischen Typs. Ganz anders sein Bruder Costa, ein hagerer, aufgeschossener Mensch, der durch seine Hakennase und den kleinen dichtliegenden Augen eher einem sizilianischen Banditen ähnelte als einem Griechen.

Vier Tage vergingen, bevor wir endlich vor Gibraltar Anker warfen. Eine britische Marinebarkasse legte neben der *Dora* an, und ein von drei Matrosen gefolgter Marineoffizier stieg an Bord, um die Papiere zu kontrollieren. Von diesem Augenblick an wurde Dereck unser Schutzengel. Nach einer kurzen Auseinandersetzung mit dem an Bord gestiegenen Offizier, der Zivilpersonen nicht an Land lassen wollte und durfte, hieß er uns, in die Barkasse hinuntersteigen. Godot und ich, jeder ein Kind auf dem Arm, folgten seiner Aufforderung umgehend, nur Heidi weigerte sich.

»Ich bleibe bei Pierre!«, schrie sie, über die Reling gebeugt, »ich komme nicht mit.« Hinter ihr schnitt Pierre Grimassen und machte mit der Hand eine verneinende Geste, um mir zu bedeuten, daß ihm das überhaupt nicht recht wäre. Es war eine lächerliche Situation. Dereck – wieder er – verstand es, Heidi zu überreden, und so nahm auch dieser Zwischenfall ein Ende. Wir wurden in ein Hotel in Gibraltar einquartiert, konnten uns waschen, ausruhen und uns auch darüber freuen, ein ganz neues Kapitel unseres Lebens aufzuschlagen.

Dereck und ich, so bestimmte die Militärbehörde, sollten am nächsten Tag nach London fliegen. Godot riet man, sich trotz seiner schlechten Augen bei den »Freien Franzosen« zu melden. Sie würden ihn bestimmt trotzdem akzeptieren, da jeder Mann willkommen sei, ihre im Augenblick noch sehr kleine Zahl zu vergrößern. Er würde in dieser Absicht mit Heidi und den Kindern per Schiff in einem Konvoi nach England gebracht werden, und ich versprach, ihn dort wiederzusehen. Ich wußte allerdings, daß ich mein Versprechen wahrscheinlich nicht einhalten konnte, und verschwieg unsere Pläne, denn Spione gibt es überall, und ein unbedacht gesprochenes Wort wird allzu schnell von feindlichen Ohren aufgeschnappt.

Am nächsten Tag flogen Dereck und ich ab, und einige Stunden später landeten wir in Großbritannien.

III

Nimm dein Schicksal in die Hand

Es war eine neue Welt, in die ich eintrat. Die Atmosphäre in London glich so gar nicht derjenigen auf dem Kontinent. Eine ungebeugte Entschlossenheit war gleichsam physisch spürbar. In diesem Augenblick übertrug sich das Bewußtsein von einer Freiheit, die jeder einzelne hier zu verteidigen bereit war. Und dies allerdings meinte nicht nur die Verteidigung der Heimat. Diese Freiheit war weitaus größer.

Sobald die für alle Einreisenden vorgesehenen Formalitäten abgewickelt waren, versuchte ich, Yvon in seinem provisorischen Hauptquartier wiederzufinden. *Stephen House* hieß das Gebäude, in dem die noch nicht organisierten »Freien Franzosen« sich etabliert hatten. Yvon begrüßte mich freundlich, kam jedoch ins Stottern, als ich ihn fragte, wie er die Rückkehr nach Frankreich sehe. »Weißt du«, gab er endlich zu, »wir sind noch nicht so weit. Dereck, der ja dein guter Freund zu sein scheint, ist ein großes Tier beim *Intelligence Service.* Ich denke, es wird dir leichtfallen, zur britischen Armee zu gehen, denn nur diesem *Service,* dem Dereck vorsteht, kann es gelingen, unser Vorhaben wirklich vorzubereiten. Admiral Muselier, den du ja auch gut kennst, läßt dir sagen, daß mein Rat auch der seine sei. Wir Franzosen hier könnten uns ja nur freuen, wenn wir den Briten auf unsere Weise helfen.«

Ich war sofort einverstanden, und heute bin ich mir bewußt, daß dieser Entschluß mir später große Schwierigkeiten ersparte, denn im Laufe der Jahre war die sich um de Gaulle formierende Widerstandsbewegung von Spannungen, politischen Unruhen und Feindseligkeiten arg geschüttelt.

So unterschrieb ich denn meinen Eintritt in die britische Armee und wußte, daß von nun an der *Service* über mein Schicksal wachen würde.

Vier Wochen vergingen, Heidi und die Kinder waren angekommen, Godot noch nicht. Heidi stimmte dem Vorschlag zu, Anne-Marie und Martine bei einem englischen Ehepaar, Oliver und Nancy, die selbst drei Kinder hatten und nahe bei London wohnten, unterzubringen, um dem zu erwartenden Bombenangriff zu entgehen. Ich verdankte diese Möglichkeit dem *Service,* was ich allerdings verschwieg. Ich wußte auch, daß Heidi großen Wert auf ihre uneingeschränkte Freiheit legte, und so riet ich ihr, sich nach einer Arbeit im Zivildienst umzusehen, was sie jedoch nicht tat. Vor allem hütete ich mich, auch nur irgend etwas von meinen Plänen zu erwähnen, aus einer grundsätzlichen Vorsicht heraus; stattdessen erzählte ich, ich würde sicherlich in Kürze nach Afrika beordert werden.

Heidi zog in ein kleines Appartement im Westen Londons, und ich versprach, ihr den größten Teil meiner Besoldung zu überweisen. Alles schien demnach in bester Ordnung. Ich will vorausschicken, daß die Kinder in der englischen Familie nicht nur gut aufgehoben waren, wie ich später feststellte, sondern sich so gut einlebten, daß sie nur noch englisch sprechen wollten, als ich sie nach dem Krieg nach Paris zurückholte. Dies war wohl bei der

Jüngeren, die ja noch sehr klein war, verständlich, weniger jedoch bei Anne-Marie, die die ersten sechs Jahre ihres Lebens nur französisch gelernt und gesprochen hatte.

Nancy, die meine beiden Kleinen vom ersten Augenblick an als Pflegemutter betrachtet hatte, verstand mich gut, als ich ihr erklärte, daß Heidi ein kranker Mensch sei und daß dies im Interesse der Kinder nicht vergessen werden sollte.

»Verlassen sie sich auf mich«, beruhigte sie mich, »der Frenchie« (damit meinte sie mich) »kann ohne Sorge seine patriotische Pflicht erfüllen.«

Da dieser Bericht zu einer besseren Beurteilung der Wahlfreiheit beitragen möchte, sollte ich vielleicht an dieser Stelle nicht zu erwähnen vergessen, daß die fundamentale Entscheidung, die mein Schicksal weitgehend beeinflußte, in London und nicht in Bordeaux getroffen wurde. Dereck hatte einen Offizier beauftragt, alle notwendigen Schritte zu unternehmen. Ich würde, so wurde mir gesagt, einen authentischen Pass bekommen (die Fotografie war selbstverständlich ausgewechselt worden), um sodann per Flugzeug nach Lissabon zu fliegen, und zwar als angeblicher Beamter einer jetzt aufgelösten diplomatischen Mission, der vorgezogen hatte, nach Frankreich zurückzukehren. In Lissabon sollte ich dann bei der französischen Botschaft, die ja neuerdings von Marschall Pètain abhing, der zwischenzeitlich Regierungschef geworden war, vorsprechen. Der Offizier des *Service,* der dies ausgeklügelt hatte, meinte mit Recht, daß es in Lissabon völlig unmöglich sei, die Erzählungen der vielen aus aller Welt, die da vorsprachen, zu kontrollieren, um so mehr, als die neu ernannten Beamten sowieso keinerlei Unterlagen hatten, um in ihnen nachzuschlagen. Ich saß vor dem Offizier, als er mir dies alles erklärte. Eine Zigarette, die er mir anbot, lehnte ich ab und fragte stattdessen gespannt:

»Wenn alles gut geht und ich in Marseille ankomme, wie erkenne ich und wie erkennen mich die Polen, Tschechen und tutti quanti, denen ich auf noch unbestimmte Weise helfen soll, nach Gibraltar oder nach Palästina zu kommen, von wo aus sie sich nach hierher einschiffen sollten?«

»Ja, wenn ich das wüßte«, antwortete der Offizier, »ich wäre froh, ich könnte es Ihnen mitteilen. Ich weiß es aber nicht, und so müssen Sie es selbst herausfinden. Sie sind sozusagen der erste, und ihre Mission ist für uns eine Mission der Aufklärung, denn wir sind nur sehr schlecht über die im besetzten Frankreich herrschenden Umstände informiert. Admiral Muselier wird ihnen eine Liste von Menschen in Marseille geben, die zum Teil unter ihm gedient haben. Seeleute und Marineinfanteristen, die Ihnen vielleicht helfen können, weil sie ihm gewogen sind. Ich habe Ihnen hier gezeigt, wie man eine bestimmte Flüssigkeit zubereitet; mit einer weichen Feder zwischen den Zeilen eines Liebesbriefes aufgetragen, ermöglicht sie Ihnen, mit uns zu korrespondieren. Wir werden auf die gleiche Weise antworten. Später erhalten Sie einen Sender. Die Liebesbriefe müssen an eine gewisse Rhea in Lissabon adressiert werden. Die Post zwischen dem unbesetzten Frankreich und Lissabon funktioniert. Alles weitere liegt bei Ihnen. Rhea, die Ihre große Liebe teilt, wird Ihnen antworten.«

»Alles weitere liegt bei Ihnen!« Dieser Satz ging mir durch den Kopf, als ich aufstand und aus dem Fenster schaute. Ich beneidete die Passanten auf der Straße, den Polizisten, der den Verkehr regelte, die Taxichauffeure, die vorbeifuhren, und eine Stimme in mir flüsterte:

»Bleib! Hier bist du in Sicherheit. Wozu in den Hexenkessel! Sei kein Narr!« Und eine andere Stimme antwortete:

»Nimm dein Schicksal in die Hand! Habe den Mut – jetzt! Deine Entscheidung entspricht einer zutiefst inneren Berufung.«

»Du bist verrückt, an ein Wunder zu glauben«, erwiderte die erste Stimme, »was kannst du drüben allein tun? Eine Schattenfigur bist du, ein Don Quichotte, der zum Sterben verurteilt ist.«

So stand ich vor der Wahl. Allein mit mir selbst. In diesem Augenblick entschied sich mein Schicksal. In diesem Augenblick überschritt ich eine Schwelle, und so blieb es bei der vorgesehenen Entscheidung.

Wenige Tage später, um fünf Uhr früh, verließ ich das, nahe bei der Westminster Abbey gelegene Zimmer, in dem ich gewohnt hatte. Ein Wagen war mir vom *Service* geschickt worden, um mich zu einem Militärflugplatz zu bringen. Wir fuhren los, als die ersten Bomber gleichsam in Wellenbewegungen ihre tödliche Last auf London fallenließen. Das Krachen der Flak vermischte sich mit dem Donner der Explosion. Der Boden zitterte, die Straßen waren menschenleer, da die Bevölkerung sich in die Keller und Luftschutzbunker begeben hatte.

Den Morgen zuvor hatte ich die *Homeguard* bewundert, uniformierte, ältere Soldaten, denen die Aufgabe zufiel, während des Fliegeralarms für Ordnung zu sorgen. Ruhig durch die Straßen patrouillierend, nur mit Stöcken bewaffnet, denn Gewehre waren kaum vorhanden, trugen sie eine Teilnahmslosigkeit zur Schau, die beruhigend wirkte und dazu beitrug, der Hauptstadt einen quasi normalen Anblick zu geben.

Ihre Gelassenheit hatte mich stark beeindruckt, und dieselbe Gelassenheit war im Betragen meines Fahrers bemerkbar. Etwa fünfhundert Meter vor uns hatte eine Bombe eingeschlagen. Die Hausfassade fiel im Zeitlupentempo auf die Straße. Der Fahrer des Wagens hatte gebremst. Er vertauschte seine Mütze mit einem unter dem Sitz verstauten Helm, setzte ihn auf, drehte sich um und sagte in seinem Cockney-Englisch:

»Entschuldigen Sie, Sir, ich bin zu einem Umweg gezwungen, aber das ist eben der Krieg!«

Diese so ruhig ausgesprochenen Worte überzeugten mich blitzartig, daß Deutschland den Krieg verlieren würde. Gegen die Stärke eines geistigen Bewußtseins, daß das Nationalgefühl übersteigt und in diesem Falle wirklich überstieg, kommt keine Macht an. Ich entsann mich der in Bordeaux herrschenden Panik und Angst, und in diesem Vergleich wurde mir ganz klar, daß mein Weg der richtige sei. Diese Überzeugung war eine wesentliche Triebfeder in den folgenden Jahren, und so hat jede Handlung ihre Wirkung, auch wenn man sie nicht erkennt. Der Taxichauffeur wird wohl niemals erfahren, daß sein Verhalten mir den Mut gab, vier Jahre lang an die Richtigkeit meiner Aufgabe zu glauben.

Am Flugplatz traf ich auf Yvon wie auch den Offizier des *Service.* Beide wollten sich vergewissern, daß alles nach Programm ablief. Die Sicherheitspolizei, die unsere Pässe kontrollierte (es waren außer mir noch andere, aber »echte« Diplomaten anwesend), schaute meinen Pass zwar an und tat, als ob sie ihn unter die Lupe nehmen wollte, aber ich merkte bald, daß sie dies nur vortäuschte.

»Auf Wiedersehen«, murmelte Yvon, »good luck.« Der englische Offizier zwinkerte mit einem Auge und flüsterte mir zu:

»An der Ecke dort, das bulgarische Ehepaar Borsareff, paßt auf, die sind gefährlich.«

Kurz darauf flogen wir in einer holländischen Maschine ab, dessen Pilot nach dem Einfall der deutschen Truppen nach England geflohen war. Sehr bald erreichten wir Lissabon, Hauptstadt in einem Land des Friedens, das sich dem Kriegstaumel der Welt zum Trotz einer Kolonialausstellung erfreute. Es schien, als betrete man wieder einmal einen anderen Kontinent. Lichterschlangen, Musik, Heiterkeit, Frohsinn, etwas völlig Unverständliches für mich, der in größter Nähe den grimmigen Krieg erlebt hatte.

Trotz der Warnung des Offiziers fühlte ich mich in der Gegenwart der Borsareffs wohl. Vielleicht zog mich Tanja, die junge Frau, besonders an. Blondhaarig, dunkeläugig, sehr elegant, wußte sie, Männern zu gefallen, und ihr eigener Mann schien sich darin zu sonnen. Wir besuchten die Kolonialausstellung und setzten uns im Restaurant an einen Tisch, um allerhand gute Dinge, die es in England längst nicht mehr gab, zu bestellen. Wir tranken schweren Rotwein, und ich vergaß, daß heute früh irgendwo eine Hausfassade auf die Straße gefallen war. Traum, Illusion oder bittere Wirklichkeit? Ich wußte es nicht mehr.

Am nächsten Morgen stellte ich mich bei der Botschaft vor. Mein Paß war in Ordnung, der auf ihn lautende Name auch, nur die Fotografie nicht – dies allerdings war unsichtbar. Man händigte mir eine Art Transitschein aus, der mir ermöglichte, mit dem Zug quer durch Spanien nach Südfrankreich zu fahren. Ich tat es am selben Mittag, ohne mich von den Borsareffs zu verabschieden, und langte am selben Abend an der portugiesisch-spanischen Grenze bei Valencia de Alcantara an. Alle Passagiere mußten zur Kontrolle aussteigen. Als ich meinen Paß vorzeigte, steckte ihn der Polizeiinspektor ein mit der Erklärung, mein Ausweis sei seit gestern nicht mehr gültig, da die Madrider Regierung beschlossen habe, die Grenzen für Franzosen zu sperren. »Morgen«, so sagte er, »gebe ich Ihnen ihren Paß zurück in dem Moment, in dem Sie den Zug in die Gegenrichtung nach Lissabon besteigen.

»Ich habe doch gar kein Visum, um zurückzufahren«, erwiderte ich bestürzt. »Niemals werden mich die Portugiesen wieder hereinlassen, da mein einmaliges Durchreisevisum nicht mehr gültig ist.«

»Das geht uns nichts an«, erwiderte der Spanier und winkte mich fort.

Es war ein schwerer Schlag. Ohne es wirklich zu sehen, betrachtete ich sinnend ein Plakat mit den drei Phalanxpfeilen, die sich überschneiden und in der Mitte gebunden sind. Es war das Symbol von General Franco, dem Diktator Spaniens. Ich wußte überhaupt nicht mehr, was ich jetzt tun sollte, als plötzlich eine Stimme hinter mir mich aufhorchen ließ und ich mich umwandte.

»Pobre Frances!« Es war ein junges Mädchen, so zwischen zwanzig und dreißig, mit blitzenden Augen, kohlschwarzem Haar und einem spöttischen Lächeln, das um ihren Mund spielte.

»Kommen Sie«, lud sie mich ein, »meine Eltern haben unweit von hier eine Bodega, dort können Sie die Nacht verbringen.«

Voller Dankbarkeit stimmte ich zu. Sie schritt voraus. Ich folgte ihr, aber als ich ihren Arm nehmen wollte, stieß sie mich zurück.

»Dies darf nur mein Verlobter«, und sie lächelte wieder. »Gehen wir zu meinen Eltern.«

IV

Man muß wie ein Fisch im Wasser sein

Als wir den Platz vor dem Bahnhof überquerten, erzählte mir Pedra so manches, aber ich verstand sie kaum, da mein Spanisch recht unvollkommen war. Kurz darauf traten wir in eine armselige Bodega ein, und sie stellte mich ihren Eltern vor.

»Le pobre frances«, erklärte Pedra, »hat Ärger mit der Polizei. Er könnte doch bei uns übernachten.«

Dies verstand ich und war froh, als der Vater zustimmend nickte. Das Lokal, in dem einfache Holztische mit Stühlen auf Gäste warteten, machte einen verlassenen Eindruck. Es roch nach allerlei Gewürzen und sonstigen undefinierbaren Lebensmitteln, von denen selbst jedoch nicht das geringste zu sehen war. Die Regale waren leer. Der Schanktisch, der die Länge des Raumes einnahm, war fleckig und schien seit langem unbenutzt. Soweit ich mich verständlich machen konnte, erzählte ich, ich wolle zu meiner armen, alten, kranken Mutter, und der böse Polizist habe es mir verwehrt. Endlich reichte mir der Vater die Hand mit den in Spanien üblichen Worten: »Mein Haus gehört Ihnen!«

Pedra führte mich in einen Verschlag, schleifte eine Matratze herbei, die sie auf den Boden warf, brachte eine Decke und sagte mir, ich könne mich am Brunnen in dem kleinen Gärtchen waschen. In dem Verschlag herrschte ein übler Käsegeruch, der sofort heftige Kopfschmerzen auslöste, vielleicht aber lag es auch an den strapaziösen Ereignissen der letzten Stunden und Tage.

Zum erstenmal in meinem Leben war ich völlig allein, losgelöst von allem, das vorher mein Dasein bestimmte. Selbst meinen Namen hatte ich verloren, und heute verstehe ich, was »loslassen« im initiatischen Sinne heißt: der Wille, wirklich ein anderer zu werden, ist eine harte Prüfung. Damals wußte ich es noch nicht und war nur sehr, sehr unglücklich.

Mit schwerem Herzen kehrte ich in die Gaststube zurück und fand am Tisch neben Pedra und den Eltern einen jungen Mann, der mir als Bruder von Pedra vorgestellt wurde. Während des sehr frugalen Mahles beobachtete er mich mit seinen schwarzen stechenden Augen, und ich fühlte, daß er nicht ohne Mißtrauen gegen mich war. Ich antwortete, so gut ich konnte, auf alle Fragen, woher ich komme, wohin ich gehe, was ich von Beruf sei und welche Einstellung zu dem vor kurzem beendeten Bürgerkrieg ich habe. Ich versuchte, mich in den Henri Jonquière zu versetzen, der ich jetzt war, und ließ ihn antworten. Was den Bürgerkrieg betraf, war ich sehr vorsichtig. Er war, wie jeder weiß, sehr blutig.

Auf der einen Seite standen die von Rußland unterstützten Republikaner, auf der anderen Seite die von Deutschland unterstützen Francisten, und als Opfer das ganze spanische Volk, Zeugen und Mitspieler einer allumfassenden Zerstörung, deren Zeichen noch überall sichtbar waren.

So vermied ich, ein klares Urteil abzugeben, erweckte jedoch den Eindruck, eher republikanisch gesinnt zu sein, was ja nicht falsch war, da Franco als Verbündeter Hitlers mir ganz und gar nicht sympathisch erschien.

Auf die direkte Frage: »Werden Sie in Frankreich die Faschisten bekämpfen?«, antwortete ich spontan: »Bestimmt«, und diese Behauptung löste die Zungen. »Ich kann Sie in ihr Heimatland bringen«, meinte José, der Bruder Pedras. »Ich habe viele Freunde, und wenn wir auch den Krieg verloren haben, dauert er auf andere Weise an. Statt nach Lissabon zurückzureisen, kann ich Ihnen behilflich sein, zu ihrer kranken Mutter zu kommen.«

»Wie bekomme ich meinen Paß zurück?«

»Ganz einfach«, antwortete José, »manâna a las onze« hält der Zug aus Madrid Richtung Lissabon hier an. Der Polizeiinspektor wird Ihnen den Paß zurückgeben, weil Sie in den Zug steigen werden. Sofort nach der Abfahrt biegt er in eine scharfe Kurve ein und verlangsamt sein Tempo. Springen Sie auf der Feldseite ab, ich werde Sie in einem Maisfeld erwarten. Ihren Koffer werde ich haben, und niemand wird sich darum kümmern, daß Sie ohne Gepäck sind. Sodann ziehen wir los.« Er war erregt, weil er diesem Vorschlag einen politischen Wert beimaß.

Ich schlief diese Nacht nicht, setzte mich gegen die Wand des Verschlages im Garten auf einen Stein, dachte an meine Kinder, an mein vergangenes Leben und an den eben getroffenen Entschluß. Vor meinen Augen erstand das Bild meiner älteren Tochter wie an dem Tag, an dem ich sie verlassen hatte. Sie stand an den Gartenzaun gelehnt, die Hände hinter ihrem Rücken verschränkt. Ihr Haar war in zwei kurzen Zöpfen geflochten, die ihr blasses Gesicht umrahmten. Ich kehrte mich des öfteren um, als ich zum Bahnhof schritt, und winkte ihr zu. Sie winkte nicht zurück und stand nur da, tränenlos und im Bewußtsein, daß sie sich nunmehr in einem ihr fremden Heim trotz der Sprachbarriere zu Hause fühlen sollte. Ich hatte ihr gesagt, daß ich in den Krieg zöge, und so mochte ihr der Gedanke durch den Kopf gehen, mich vielleicht niemals wieder zu sehen. Ich kann es ruhig gestehen - ich war den Tränen nahe.

Frühmorgens brachte mir Pedra ein Gebräu, das sie Kaffee nannte, und ein Stück Maisbrot, und so begann das Abenteuer. Am Bahnhof, beim Einsteigen in den Zug, überreichte mir der Polizeiinspektor, wie vorgesehen, meinen Paß; ich sprang ohne Schwierigkeit in der Kurve von dem sehr spärlich besetzten Waggon ab, hörte den Pfiff Josés und stieß zu ihm. Ohne Zeit zu verlieren, marschierten wir bis zu einem kleinen Dorf, in dem gerade Markttag war. Dort bestiegen wir einen altertümlichen Autobus, und die »Untergrunddurchquerung« Spaniens begann. Ich hatte im Doppelboden meines Koffers, den das *Service* mir übergeben hatte, Geld in verschiedenen Währungen, und konnte somit unterwegs die Kosten meiner Verpflegung begleichen. Mehr als dies wollten meine verschiedenen Begleiter nicht annehmen. Heute verstehe ich die Beweggründe, die José und seine Freunde zu ihrer Hilfeleistung veranlaßten.

Der Bürgerkrieg hatte den damals herrschenden Klassen-Antagonismus nicht gelöst, und die besiegten Republikaner wollten ihre Niederlage nicht als endgültig hinnehmen. Auch strömt jede Untergrundbewegung ein subtiles Gift aus, das die Menschen einer Droge ähnlich berauscht. Ich habe es an mir selbst erlebt.

Es ist selbstverständlich, daß ein solches Unternehmen nur in der vollsten Kenntnis des Landes, seiner Sitten und seiner Gebräuche wie auch in dem Wissen über die von der Polizei vorgesehenen Überwachungsmaßnahmen gelingen kann. Dies alles ist nur möglich dank der Mithilfe von Verwandten, Freunden und Freundesfreunden. Wir benutzten die verschiedensten Transportmöglichkeiten – den Ochsenkarren, die Eisenbahn, den Autobus, unsere Füße, ja einmal sogar ein Auto, das uns ein wohlwollender Chauffeur eines abwesenden Landbesitzers lieh.

Man muß wie ein Fisch im Wasser sein mitten im Volk, und so schliefen wir in Bauernhäusern, in Sakristeien, mal hier, mal dort. Alles lief reibungslos ab, wenn man davon absieht, daß wir viel Unglück um uns erblickten – zerstörte Häuser, Hungersnot, zerrissene Familien und verwundete Kinder.

Wir hatten die Provinz von Estremadura und Neukastilien hinter uns gelassen und befanden uns in Aragonien. Die Gipfel der Pyrenäen hoben sich klar gegen den blauen Himmel ab, und ich war voller Hoffnung, da Frankreich unmittelbar dahinter lag. Zwei Maultiere zogen unseren zweirädrigen Karren. Pedro hieß mein damaliger Begleiter. Es war ein junger, verschlossener Bursche, voller Lebenskraft. Wir waren bei einem Trupp republikanischer Gefangener vorbeigekommen, die, von den siegreichen Soldaten Francos, die die gleiche Uniform wie sie trugen, bewacht wurden. Die Besiegten zerschlugen Steine auf der Straße, und Pedro konnte nicht umhin, laut die Bemerkung »Hurensöhne!« herauszuposaunen, was nicht ungefährlich war, obwohl er nicht sagte, wen er damit meinte.

Wir waren jetzt in der Nähe von Jaca, einem Ort, von dem nicht weit entfernt seine Verlobte lebte, die er besuchen wollte.

»Ich werde Sie«, sagte Pedro zu mir, »am Rande eines Wäldchens absetzen. Lassen Sie sich bis gegen zwei Uhr früh nicht sehen. Begeben Sie sich zu Fuß in die Stadt.«

Pedro beschrieb mir genau, wie ich es anstellen sollte, und zeichnete auf ein Blatt Papier die Straße auf, in der sein Bruder wohnte. Gegen drei Uhr morgens sollte ich mit dem Türklopfer an einer grünen Tür in einem bestimmten Takt klopfen.

»Mein Bruder wird Ihnen aufmachen«, behauptete er. »Er erwartet mich. Sagen Sie ihm, ich sei bei Carmencita. Morgen früh komme ich auch.« Und so nahmen wir nach einer kurzen Weile Abschied.

Um halb drei Uhr früh durchquerte ich die völlig menschenleere und dunkle Stadt Jaca. Die Straßenbeleuchtung war noch nicht wieder instand gesetzt worden, was mich aus Sicherheitsgründen freute. Wie vorgesehen, klopfte ich im vereinbarten Takt mit dem Klopfer an die grüne Tür, doch niemand öffnete. Ich fühlte mich plötzlich verloren. Was tun? Jeden Augenblick konnte mich eine Polizeistreife entdecken. Es wäre grotesk, so nahe am Ziel zu scheitern. Über mir glitzerten die Sterne, und langsam ging ich mit gesenktem Kopf die Straße abwärts, angezogen von einem Licht, das aus der Ferne von unten herauf grünlich schimmerte. Eine Kerze brannte in einem Globus, der ein Schaufenster zierte, über dem die Aufschrift *Farmacia* in goldenen Buchstaben zu lesen war. Instinktiv und unbedacht stieg ich die zwei Treppenstufen, die zur Tür führten, hinauf und drückte die Klinke herunter. Unerwarteterweise öffnete sich die Tür, und ein Glöckchen bimmelte leise.

»Was tust du hier?«, fragte ich mich und wollte schon zurücktreten, als eine Stimme mich davon abhielt.

»Schließen Sie die Tür!« Der Ton war freundlich, und diese einfachen Worte klangen wie eine Einladung. Übrigens, wohin hätte ich gehen können? Der Mann, der gesprochen hatte, war klein, ziemlich klein. Im Licht einer Petroleumlampe, die über einem Stehpult hing, an dem er stand und schrieb, erschien er wie ein der Märchenwelt entstiegener Gnom. Er war völlig in seine Arbeit versunken und schenkte mir keine Beachtung. Während die Feder über das Papier glitt, nickte er mit dem Kopf. Erst später wurde mir klar, daß er komponiert haben mußte und die Musik hinter den Noten mit seinem inneren Ohr vernahm.

Zuerst traute ich mich kaum, ihn durch eine Bewegung zu stören. Doch dann setzte ich mich auf einen Schemel nahe einer Holzbalustrade, die in Kniehöhe den Raum in zwei gleiche Teile teilte: den Teil, in dem wir uns befanden, und einen anderen, anscheinend die Rezeptur. Regale mit Töpfen unterschiedlichster Form und Aufschrift nahmen die ganze Wand ein, und ein Duft von Gewürzen durchzog den Raum. Ich wollte die Augen offenhalten, doch die Müdigkeit übermannte mich. Den Kopf gegen die Balustrade gelehnt, schlief ich ein.

Eine Hand schüttelte mich. Ich sprang auf. Der Gnom, mit gütigen Augen hinter einer Brille mit außergewöhnlich dicken Gläsern, schaute mich an. Er nahm mich wortlos bei der Hand, führte mich zu einem Sofa, das sich in einem kleinen angrenzenden Raum befand, und sagte dann in seiner ruhigen Weise:

»Schlafen Sie, morgen können Sie mir dann alles Nähere erklären.«

V

Der Sternenweg!

Wie konnte ich wissen, daß diese Tage ausschlaggebend für mein kommendes Leben sein würden?

Garcia – so hieß mein Gastgeber – führte mich in ein Universum, in dem das Wunderbare wirkt. Ein Universum, das ich in meiner rationallogischen Denkweise bis dahin nicht einmal vermutet hatte. Den ersten und wahrlich falschen Eindruck, in Garcia einen Gnom zu sehen, blieb in meinem Gedächtnis haften. Seine Apotheke, die übrigens mehr einem Heilkräuterladen glich, wurde so in meiner Phantasie zu einem verwunschenen Schloß. Garcia war klein von Statur, mit einem sehr großen Kopf und einer besonders hohen Stirn. Seine weiße Haarkrone schien sie noch zu vergrößern, während eine dickglasige Brille seinen an sich schon tiefgründigen Blick noch mehr vertiefte. Es war ein durchdringender Blick, so durchdringend, daß man ihm nicht entging und fühlte, in seinem Wesen erkannt zu sein.

Garcia stand bei dem Sofa, auf dem ich die Nacht verbracht hatte, als ich erwachte. Auf ein Zeichen von mir wartend, zog er einen Stuhl heran und setzte sich nieder. Ich erzählte ihm von meiner kranken Mutter, die ich besuchen wollte, und so manches andere mehr. Er unterbrach mich nicht, aber glauben tat er mir auch nicht. Er lächelte rätselhaft, lud mich zu einem Kräutertee ein und sagte beiläufig:

»Ihre Erzählung ist lückenhaft. Sie sind kein Abenteurer, der einer kranken Mutter wegen wagt, ohne die notwendige Erlaubnis, völlig illegal, dieses schöne, aber gefährliche Land zu durchqueren. Sie sind kein Schieber und sicherlich auch kein Anarchist. Ich will sie in keiner Weise beeinflussen, aber wäre es nicht besser, sie erzählten mir die Wahrheit? Vielleicht kann ich Ihnen helfen.«

Diese einfachen Worte wirkten berauschend. Ein Ertrinkender, dem man die Hand reicht, mag dieses Gefühl kennen. Der Schlaf hatte mich erfrischt, aber das Aufwachen war schmerzhaft gewesen. Ich war überzeugt, der Polizei ausgeliefert zu werden, und in Spanien, so schien mir, wußte nur der liebe Gott, wie lange ich als eine Schattenfigur eingesperrt bleiben würde. Eine Schattenfigur, nach der kein Hahn kräht.

So erzählte ich Garcia, ohne zu zögern, meine Geschichte. Er hörte mich an, stand auf und erklärte, als ob es selbstverständlich wäre: »Ich will zum grünen Tor gehen, um den Bruder von Pedro zu beruhigen. Pedro wird inzwischen angekommen sein; nichts ist gefährlicher als die Dummheiten, die man macht, wenn man plötzlich Angst bekommt. Die beiden Brüder könnten Angst bekommen, und was sie dann anstellen, könnte gefährlich werden.

Er ließ mich in der am Sonntag geschlossenen Apotheke zurück und kam nach einer Weile zufrieden heim, um mir zu bestätigen, daß jetzt alles in Ordnung sei und beide Brüder heilfroh, mich in Sicherheit zu wissen.

Garcia war Baske und sprach fließend französisch. Er

hatte, so erfuhr ich im Laufe meines Aufenthalts, die Atlantikküste verlassen, um in Jaca, einer sehr anziehenden kleinen Stadt am Südhang der Pyrenäen, die Spuren zu verfolgen, die den seinerzeitigen Sternenweg, den initiatischen Weg der Alchimisten, kennzeichnen.

»Der Sternenweg«, erklärte er, »führte vom Mittelmeer zum Atlantik. Ein Pilgerweg, Jahrtausende alt. Pilger sind Wahrheitssucher – auch ich suche die Wahrheit, und diese Spuren verhelfen zu mancher Erkenntnis.« Ich hörte fasziniert zu, auch wenn ich ihn nicht ganz verstand.

»Auf Steinen, in Grotten, in Kapellen sind Zeichen und Symbole eingemeißelt, und sie zu entziffern, ist die Aufgabe, die ich mir gestellt habe. Vielleicht auch sollte ich hierherkommen, um Sie zu erwarten. Wenn das grüne Licht Ihre Schritte zu mir lenkte, gab es einen Grund dafür. Grün ist die Farbe der Natur – und auch des Smaragds, den ich besonders schätze. Nur deshalb änderte ich das traditionelle blaue Apothekerlicht in ein smaragden grünes.«

»Wie konnten Sie mein Kommen voraussehen?«, fragte ich voll Erstaunen, »das ist doch unlogisch.« Er lächelte, weniger mit dem Mund als mit den Augen, aber erwiderte nichts. Als wir später auf dasselbe Thema nochmals zurückkamen, erklärte er:

»An gewissen Wendepunkten der menschlichen Geschichte ist jeder von uns berufen, die Entwicklung im Sinne eines überweltlichen Planes zu fördern. Sie schreitet stetig voran und, von einem Verständnis geleitet, dem wir uns öffnen, handeln wir manches Mal, ohne genau zu wissen weshalb und warum. Wir treffen unbewußt Entscheidungen, die im Rahmen der Entwicklung notwendig sind. War das nicht vor kurzem in London bei Ihnen der Fall?«

»Wissen Sie«, sprach er ein anderes Mal, »daß Ihnen das, was Ihnen vorschwebt, in dem brodelnden Schmelzofen, den Sie in Kürze betreten werden, nur gelingen kann, wenn Sie Ihre rationale Weltanschauung vergessen? Logisch gesehen, sind Sie von vornherein verurteilt, ein Opfer zu sein. Weiß Gott, wie viele deutsche, italienische, französische Polizisten sich Ihren Plänen entgegenstellen werden; logisch gesehen, kommen Sie nicht gegen sie an. Allerdings, wenn Sie, getragen von einer Überzeugung jenseits jedweder Logik, das unternehmen, was der Wahrheit des Augenblicks entspricht, ja, dann könnten Sie von überweltlichen Kräften geleitet werden – wir können sie geistig, göttlich oder anders nennen –, dann können Sie das Unmögliche vollziehen und die Wunder vollbringen, die der Geist vollbringen kann. Ich werde Ihnen einige Übungen mit auf den Weg geben, die es Ihnen erleichtern, von einem Bewußtseinszustand in einen anderen überzugehen. Von diesem anderen Bewußtseinszustand ließe sich vielleicht sagen, er schließt an Energien an, die Sie durchströmen, um Ihnen in richtiger Eingebung das jeweils notwendig Mögliche einzuflößen.

Ich hörte zu, ohne genau zu wissen, wie ich mich verhalten sollte. Erst viel später verstand ich, daß zufällige Begebenheiten keineswegs dem »Zufall«, sondern viel eher einer höheren Schickung entsprechen, deren Erkenntnis uns ermöglicht, unser Schicksal zu meistern.

Garcia empfing seine Kunden in der Apotheke. Das Bimmeln der Glocke unterbrach jeweils unser Gespräch. Er braute Mixturen mit anscheinend gutem

Erfolg, denn offensichtlich schätzten ihn alle seine Kunden sehr. Seine Sprache war auffallend klar, und er antwortete auf alle meine Fragen ohne Vorbehalt, immer wieder mit dem Versuch, mir zu helfen. Mich einem anderen Verständnis zu öffnen, meinte er, sei für mich unerläßlich, um die vor mir liegenden Schwierigkeiten zu überwinden. Nie zeigte er auch nur die geringste Ungeduld, obwohl meine Zweifel ihn sicherlich beunruhigten. »Sie können nicht in einer völlig aus den Angeln gerissenen Welt in nur intellektueller Überlegung außergewöhnliche Hindernisse beseitigen. Jeder Mensch besitzt Eigenschaften, die er nicht kennt. Eigenschaften, die ihm ermöglichen, subtilste, überweltliche Botschaften zu empfangen, die sein Handeln prägen, wenn er ihnen folgt, und die ihn niemals irreführen. Allerdings sollte er vor eigenen versteckten Wünschen auf der Hut sein, sie sind diese Botschaften nicht, sie geben sich nur den Anschein.«

»Überweltliche Botschaften?« fragte ich skeptisch.

»Jawohl, aus überweltlichen Bereichen. Allerdings sind sie nur wahrzunehmen, wenn man entsprechend vorbereitet ist. Sie in acht kurzen Tagen vorzubereiten, ist zwar meine Absicht, doch bin ich nicht sicher, ob mir das gelingen wird.«

»Es ist«, erklärte Garcia einmal, »unmöglich, Sie in einigen Stunden in die Arkane einer uralten Weisheitstradition einzuführen. Eines jedoch kann ich Ihnen auf den Weg geben. Den Rat, meinen Vorschlägen zu folgen, um den Übungen entsprechend, die ich Ihnen zeigte und noch zeigen werde, in einer gleichsam mystischen Einstimmung auf überweltliche Kräfte die Angst zu verlieren, die uns in allen Situationen immer wieder lähmt. In einem entscheidenden Augenblick ist es wesentlich, ja unerläßlich, frei von jeder Bedingtheit das Richtige in Worten, Gesten und Taten auszudrücken. Vergessen Sie die Worte Goethes nicht: ›Freiheit ist das Wesen des Geistes!‹ «

Eine Woche später holte mich Pedro ab. Wir stiegen einen steilen Hang hinauf und kamen zu einer kleinen Bahnstation. Eine Lokomotive, ein Tender und ein Waggon standen auf einem Geleise. Ich stieg auf den Tender und verbarg mich hinter einer geschickt aufgeschichteten Mauer aus Briketts. So wartete ich auf die Abfahrt, die einige Stunden später erfolgte. Wir durchquerten mehrere Tunnels, kletterten langsam aufwärts und hielten viele Male an. Die wenigen Reisenden verließen nacheinander den Zug; bis zur Endstation war er schließlich leer. Jenseits eines Tunnels begann Frankreich. Der Zugführer, der ja von mir wußte, fuhr fünfhundert Meter weiter in den Tunnel hinein. Pedro hatte mir genaue Verhaltensmaßregeln vorgeschrieben, und so benutzte ich den kurzen Aufenthalt im Tunnel, um mein Versteck schnellstens zu verlassen. Der Zugführer fuhr sofort zur spanischen Station zurück, während ich in großen Schritten und mit klopfendem Herzen der Öffnung des Tunnels gen Frankreich zustrebte. Kaum trat ich ins Freie, fingen mich zwei Gendarmen ab, denen ich in meinem Enthusiasmus um den Hals fiel. Was ich ihnen erzählte, weiß ich nicht mehr. Wir tranken zusammen manches Glas Rotwein, die Sonne schien, das Leben war schön. Ich war in Frankreich, und so bestieg ich am Abend einen überfüllten französischen Zug und zusammengequetscht im Gang eines Waggons, von Schweißgerüchen umgeben, dachte ich voller

Dankbarkeit an alle, die mir geholfen hatten, in diesem, mir wunderbar erscheinenden heimischen Zug einem unbestimmten Schicksal entgegenzufahren.

VI
Taubenmist?

Um sich die fieberhafte Atmosphäre des überbevölkerten Marseille vorzustellen, muß man sich die Ereignisse des Herbstes 1940 ins Gedächtnis rufen. Die baltischen Staaten waren an Rußland gefallen. Im Balkan waren die deutschen Truppen eingedrungen, um die italienische Offensive zu unterstützen. In Mers-el-Kebir und Dakar war es zu schweren Zusammenstößen zwischen französischen Kriegsschiffen gekommen, deren Besatzung von Offizieren befehligt wurde, die einerseits Pétain und andererseits de Gaulle als Befehlshaber anerkannten.

In der Hafenstadt traute man sich nicht, seine Meinung zu äußern, denn jedes ungeschickte Wort konnte ins Gefängnis führen. Eine Unzahl neuer Gesetzgebungen sollte die neue Ordnung in Frankreich einleiten, und überall herrschten in einem gegenseitigen Mißtrauen Verrat und Konflikt. Man tauschte unter dem Siegel der Verschwiegenheit widersprechende Informationen aus. Meinungen und Ratschläge gab es viele, um so mehr, als die einen behaupteten, Großbritannien würde Frieden schließen, während andere damit rechneten, daß die deutschen Truppen Großbritannien baldigst besetzen würden. Andere wiederum gaben an, erfahren zu haben, ein Waffenstillstand stehe bevor. Eines war gewiß, die Truppen Mussolinis kamen in Griechenland nicht weiter, und so meldeten die Zeitungen vorsichtig die verlorenen Schlachten, was zu unzähligen Kommentaren Anlaß gab.

Ein sehr ungesundes Klima herrschte vor. Jeder dachte nur an sich selbst und versuchte, sich in der neuen Lage zurechtzufinden. Die südfranzösische Bevölkerung ist anpassungsfähig und hatte schnell heraus, wie die ihr erwachsenen unmittelbaren Vorteile am besten zu nutzen waren. Der Schwarzmarkt blühte. Zuhälter und Häupter der Mafia versuchten, ihre Dienste den deutschen und den italienischen Behörden anzubieten, da sie wußten, daß die Geheimdienste aller Länder stets »Angeber« begrüßen, die in allen Schichten der Bevölkerung ihre Beziehungen haben.

Der älteste Beruf der Welt ernährte schlecht und recht die von Zuhältern »beschützten« Frauen, ein Schutz, den die »Beschützten« allzu teuer bezahlen mußten, um schweren Unannehmlichkeiten zu entgehen.

Entwurzelt waren viele Tausende. Frankreich war entzweigeschnitten, und die Rückkehr in die besetzte Zone war vorerst unmöglich. So blieb man da und wußte nicht, was morgen sein würde. Entsprechend den politischen Meinungen versammelte man sich. Im *Cintra,* einer eleganten Bar der Stadt, trafen sich Neureiche, Geheimpolizisten, Händler aller Art und Frauen, die ausgehalten werden wollten. Man diskutierte, wie überall, viel. Da nunmehr Deutschland den Krieg gewonnen hatte, meinten die angeblich gut Informierten, müsse man mit ihnen das neue Europa aufbauen.

In weniger teuren Kneipen war man weitaus wortkarger. Mancher suchte vergeblich Tag für Tag nach einem Erwerb, um die Prostitution der eigenen Frau und seiner Kinder nur für den Unterhalt der Familie zu verhindern.

Angst vor der Zukunft drückte schwer auf das Gewissen aller. Der *Vieux Port,* der alte Hafen, war seit jeher ein Bezirk des Lasters gewesen, aber niemals so wie jetzt. In der Stadt waren alle Hotels bis in die Gänge hinein besetzt. Ich durchstreifte sie ohne die geringste Chance einer Unterkunft und ohne Hoffnung auf sie. So stieg ich zur *Corniche* herauf, dem Boulevard, der dem Meer entlang verläuft, mit der Vorstellung, in einem der Privathäuser unterzukommen. Als ich langsam und müde vorwärtsschritt, hörte ich ein leises Wimmern. Vor mir, am Boden lag eine menschliche Gestalt, die schluchzte. Ich sah nur die blonden, ungekämmten Haare, und eine Silhouette, die mich vermuten ließ, es handle sich um eine junge Person. Ich setzte mich auf das niedrige Steingeländer und wartete. Geteiltes Leid ist halbes Leid, dachte ich, du mußt ja sowieso den Morgen abwarten.

»Warum weinst du?«, fragte ich endlich. Etwas beruhigt hob die junge Frau den Kopf. Das Mitgefühl kam ihr unerwartet, und so begannen wir ein Gespräch. Sie erzählte, daß sie aus Straßburg stamme und mit ihren Eltern geflohen sei. Ein Flugzeug hatte die Flüchtlingsgruppe beschossen. Ihr Vater war getötet worden, und ihre Mutter starb hier in Marseille. Elsaß-Lothringen war dem deutschen Reich einverleibt, und so wußte sie weder ein noch aus. Sie hatte versucht, mit ihrem Fotoapparat unten im alten Hafen etwas Geld zu verdienen, aber das reichte überhaupt nicht aus, und so war sie eben verzweifelt.

»Ich heiße Jacqueline«, sagte sie, »und Sie?«

»Ich heiße Henri – auch ich bin entwurzelt. Duzen wir uns doch, das ist einfacher und bringt uns näher.« Sie stand auf und setzte sich neben mich. Langsam verstrich die Nacht. Als es dämmerte, schien es uns, als ob wir uns schon seit langem kannten.

»Versuchen wir«, schlug ich vor, »etwas Warmes zu trinken, um unsere Begegnung zu feiern, und dann treffen wir uns heute abend. Ich habe kein Zimmer gefunden und werde jetzt nochmals versuchen unterzukommen; wenn du Geld brauchst, kann ich dir etwas leihen.«

»Nein«, antwortete Jacqueline, »bis heute abend schaffe ich es.«

Etwas später verließ ich sie in einer sichtlich besseren Verfassung als der, da ich sie gefunden hatte. Ich ging zum Bahnhof, um mich in den Toiletten zu waschen. Meinen nicht sehr schweren Koffer, den ich durch ganz Spanien geschleppt hatte, unentwegt in der Hand, entschloß ich mich, einem gewissen Albert einen Besuch abzustatten. Er hatte unter Muselier gedient, und in London hieß es, er sei mutig und treu. Ihn zu finden, war nicht schwer, denn er war der Besitzer einer kleinen Wirtsstube, deren Adresse ich kannte.

Der erste Kontakt war nicht sehr vielversprechend. Ich beugte mich über die Brüstung der Theke, hinter der Albert stand, und flüsterte ihm im besten Stil der Detektivromane, die ich gelesen hatte, ein angebliches Erkennungswort ins Ohr:

»Youki schickt mich!« Youki war der Hund von Admiral Muselier gewesen, den Albert betreut hatte. Albert schien überhaupt nichts gehört zu haben. Als er nochmals näher kam, wiederholte ich meinen Satz:

»Youki schickt mich, er möchte, daß man sich um ihn kümmert!«

»Was hindert Sie, das zu tun!« war die unerwartete

Antwort. Sehr enttäuscht, fiel mir nichts anderes ein, als mit einem tönernem »au revoir« das Lokal zu verlassen.

Es war kein guter Beginn, und nicht ohne Bangen versuchte ich nochmals, wo auch immer und wie auch immer, ein Zimmer zu finden. Es gelang mir endlich, in einer engen Gasse bei einer Frau, die Gewürze auf dem nahen Markt verkaufte, unterzukommen.

Der Nachmittag war schon fortgeschritten, und ich kehrte in das Lokal von Albert zurück. Ich bestellte einen sogenannten *café national,* ein braunes Getränk äußerst obskurer Herkunft. Als Albert es mir reichte, sagte ich, jede Vorsicht vergessend:

»Ich weiß, Sie sind Muselier gewogen. Er schickt mich zu Ihnen. Er behauptete, ich könne auf Sie zählen.«

»Um was zu tun?«, fragte er sichtlich zögernd.

»Den Krieg weiterzuführen - auf andere Weise«, antwortete ich.

»Seht«, ich zog meinen Paß aus der Tasche, »hier ist das portugiesische Visum. Durch Spanien bin ich illegal gekommen, nur um Sie zu treffen. Um Gottes Willen, schenken Sie mir Vertrauen!«

Er dachte lange nach, kaute an seiner Zigarette und entschied endlich.

»Kommen Sie morgen wieder, ein Freund wird da sein, und er wird wissen, ob man Ihren Behauptungen Glauben schenken darf.« Ich war überglücklich.

»Bis morgen!«, grüßte ich, indem ich das Lokal verließ.

Wie vorgesehen, traf ich Jacqueline. Zusammen waren wir weniger einsam in dieser fremden Stadt. Wir sprachen über dieses und jenes, und so schlug ich ihr vor:

»Arbeiten wir zusammen!«

»Wunderbar!«, rief sie aus, »was soll ich tun?«

»Das werde ich dir noch mitteilen«, meinte ich vorsichtig, »vielleicht können wir einigen Menschen helfen, diese Stadt zu verlassen.«

»Du willst den guten Samariter spielen?«

»Ja, so ungefähr.«

»Da mache ich mit!«

»Aber zuallererst müssen wir eine Kirche suchen. Meistens sind dort unzählige Tauben auf dem Vorplatz versammelt. Und wir brauchen unbedingt Taubenmist.«

»Taubenmist?«

»Ja«, sagte ich lächelnd, »ich muß nämlich einen Liebesbrief schreiben, an Rhea, aber sei nicht so neugierig. Taubenmist, in einer bestimmten Weise mit Wasser vermischt, ergibt eine vorzügliche unsichtbare Tinte, und Rhea weiß das.«

»Ich versteh' schon, auch wenn ich gar nichts begreife«, antwortete Jacqueline. »Sei beruhigt, ich tue, was ich kann, ohne neugierig zu werden.«

Am nächsten Tag erschien ich pünktlich bei Albert. In einem Nebenraum seiner Theke stand ein Mann mit einem energischen Gesicht, der mich von oben bis unten durchdringend musterte. Henri ist gestern hier aufgetaucht und behauptet allerhand unwahrscheinliche Dinge«, erklärte Albert. »Weh' ihm, wenn er lügt!«, und sich mir zuwendend: »Erzählen Sie meinem Freund Fernand ihren Roman!« Ich nahm mich zusammen, um überzeugend zu wirken. Nach langem Hin- und Herfragen gab Fernand zu, daß er mir glaube. Währenddessen hatte Albert seine Kunden bedient. Jetzt kam er wieder zurück, und sofort wandte sich ihm Fernand wieder zu:

»Gewisse Details stimmen. Henri ist wohl der, der er behauptet zu sein.

Wie funktioniert ihre Verbindung mit London?« wollte er wissen.

Ich gab zu, sie sei vorerst unbefriedigend, was jedoch in Kürze schlagartig anders werden würde.

»Hoffentlich«, meinte Fernand, »bei mir wohnt nämlich Emilio, ein Freund, der den Gefängnissen des Duce auf der Insel Lipari entkommen ist – wahrscheinlich der einzige, dem es gelang. Erkundigt euch in London, ob er dort willkommen ist. Er hat in Italien großen Einfluß.«

Ich versprach dies selbstverständlich sofort und nahm die Gelegenheit wahr, um meinerseits eine Frage zu stellen, die mir selbst auf der Seele lag. »Auf welche Weise könnte Ihrer Meinung nach ein erster Abtransport eingeleitet werden? Von London aus ist vorerst nichts anberaumt.« Fernand nickte nachdenklich mit dem Kopf.

»Es gibt Schiffe, die von Marseille nach Beirut fahren, und auch solche von Marseille nach Südamerika.

Von Beirut nach dem von England besetzten Palästina sind es nur sechzig Kilometer. Die Route nach Südamerika führt durch die Straße von Gibraltar, die ja zum britischen Hoheitsgebiet gehört. Ich bin Sekretär der Marinegewerkschaft hier und kann selbstverständlich nützliche Beziehungen anknüpfen. Allerdings ist Geld nötig. Das *Intelligence Service* dürfte ja nicht kleinlich sein.«

Ich war zwar dessen nicht so sicher, bejahte aber mit großer Überzeugung. »Eines möchte ich hinzufügen«, erklärte ich, »vielleicht könnten ihre Freunde uns auf Gleichgesinnte aufmerksam machen, die den Alliierten helfen wollen. Zu einem späteren Zeitpunkt könnten wir ja auch all denen, die hier in Gefahr sind, die Hand reichen.«

»Ich werde daran denken«, versprach Fernand, »ich bin Korse, und korsische Verbundenheit ist kein leerer Wahn.«

Fernand, so ungefähr fünfzig Jahre alt, war gut gekleidet, dunkelhaarig und dunkeläugig. Seinem Verhalten nach schien er ein offener Mensch zu sein. Ich vertraute ihm. Ich hatte recht, und auch nach dem Kriege blieben wir gute Freunde. Viel später, in einem Augenblick großer Depression, nahm er sich das Leben. Was ihn dazu trieb, weiß ich bis heute nicht.

»Wo wohnen Sie?«, fragte er. Ich sagte es ihm.

»Vorläufig mag das gehen, aber ich fände es besser, wenn Sie in eine der heißen Straßen des alten Hafens bei einer Bekannten, einer Griechin, unterschlüpfen. Sie leitet ein Bordell und hat im obersten Geschoß Zimmer frei, die für zukünftige Reisende wie gemacht sind. Wir wollen diese Reisenden von nun als Postpakete bezeichnen. Man muß immer aufpassen – Worte schwirren umher. Fanny, das ist ihr Name, war lange Zeit selber Prostituierte, sie ist aber eine gute Seele, trotz ihrer Habgier. Sie werden ihre Sympathie brauchen, aber das dürfte ja nicht schwerfallen. Ich werde sie benachrichtigen. In Fannys Bordell wird Sie keiner suchen, und ihre Pensionärinnen sind als Verbündete wertvoll; nur aufpassen müssen Sie trotzdem.«

Er stand auf und reichte mir die Hand. Ich drückte sie und war mit allem einverstanden.

»Wenn es Ihnen recht ist, ziehe ich in zwei Tagen zu Fanny. Morgen gehe ich sie besuchen.« Er nickte mit dem Kopf und ging, nicht ohne mir seine Adresse und Telefonnummer zu hinterlassen.

VII

. . . aber der Weihnachtsmann

Diese Erzählung soll sich nicht in der chronologischen Aneinanderreihung von Ereignissen verbrauchen; ihr Sinn liegt darin, den inneren Weg zu beleuchten, der aus einer logisch verengten, einseitigen Skepsis herausführte und die innere Einstellung eines Menschen völlig verwandelte. Plato nannte die Welt unserer Einbildung unser Gefängnis. In diesem Sinne soll das damalige Geschehen dem Leser helfen, seine Befangenheit, sein Gefängnis als Gefängnis zu erkennen und es vielleicht aufgrund dieser Erkenntnis zu verlassen. Leicht ist dies gewiß nicht, viel zu sehr sind wir in der Oberflächenstruktur einer Meinungswelt verankert, die religiösen, politischen, sozialen und sonstigen Einflüssen entstammt. Sie alle entwickeln eine Eigengesetzlichkeit, an deren Ende doch nur Meinungen stehen. Um ihre Rechtfertigung sind wir nicht verlegen, doch geistert eine Lüge durch diese Mechanismen: Wir sind es ja selbst, die die Kriterien der Moral formulieren. Ihr dann zu entsprechen, ist kein Kunststück. Dem eigentlichen Erwachen jedoch, dem Erwachen im Sinn einer Öffnung, stehen sie im Wege. Sie verstellen ihn geradezu, sie geben den Blick für überweltliche Harmonie und Ordnung nicht frei, und unser Bewußtsein bleibt auf sich selbst beschränkt.

Diesen Vorhang zu einer neuen Dimension unseres

Universums öffnete mir Garcia, und in mir rief er damit das Bewußtsein für die Fähigkeit in jedem von uns wach, sich dieser Dimension zu öffnen. Außergewöhnliche Umstände überzeugten mich. Sie sind vielleicht nötig, denn es ist eine Fähigkeit, die allzuoft aus Unwissen brachliegt.

Die Monate, die ich in Marseille verbrachte, machten aus mir einen anderen Menschen. Jahre später traf ich im Schwarzwald einen Zen-Meister, der mir die Ursache dieser fundamentalen Änderung erklärte. Er sagte: »Im Zen-Buddhismus heißt es, daß man den Himmel nur erreichen kann, wenn man sein Tiefinnerstes erforscht hat, also in seine eigene Hölle eingetreten ist.«

Wer jedoch tut dies schon gern? Und wer freiwillig? Unsere meistens unbewußte tiefinnerste Hölle umgehen wir, es sei denn, das Schicksal zwingt uns hinein. – So war es damals bei mir, in Marseille trat ich in meine Hölle. Natürlich leuchtet das Licht, wie es in den Schriften steht, auch in der Finsternis. In diesem Fall hieß es Freundschaft. Die Verbindung mit Jacqueline war vor allem die Verbindung einer tiefen Freundschaft. Jung, hübsch, blond, schelmisch, stets gut gelaunt, hatte die große Niedergeschlagenheit, die uns zusammenführte, einem Optimismus Platz gemacht, der mir wohl tat. Jacqueline versuchte, sich weiterhin mit Fotografieren über Wasser zu halten. Sie ließ sich auch nicht davon abhalten, obwohl sie sich immer wieder gegen Aufdringlichkeiten ihrer Kunden wehren mußte. Dies war nicht leicht, weil alle Männer, die sich ihr näherten, in ihrer Tätigkeit nur einen Vorwand sahen und sie beschimpften, wenn sie sich standhaft zeigte und den Einladungen nicht folgte. Um ihren Entschluß mir gegenüber zu rechtfertigen, behauptete sie, ihre Anwesenheit am Kai des alten Hafens mache ihr manche wichtige Information zugänglich. Voller Vertrauen, insistierte sie nie, weshalb ich dieses oder jenes unternahm, stets aufopfernd bereit, alles zu versuchen, was unsere Pläne fördern könnte.

Ich war bei Fanny eingezogen, und es ist schwer, die Atmosphäre in ihrem Hause zu beschreiben. Für alle Frauen dort, sie nannte sie ihre »Pensionärinnen«, war ich »Monsieur Henri«, ein Freund, dessen Beruf vage war und den man besser nicht belästigen sollte. Meine Beziehungen zu den »Pensionärinnen« waren zurückhaltend. Manche boten mir ihre »Dienste« an, was ich immer freundlich dankend ablehnte. Ich habe bewußt vermieden, unserem Umgang in irgendeiner Weise persönliche Akzente zu geben. Noch heute, wenn ich an diese Zeit denke, spüre ich das undefinierbare Etwas, das derartige Häuser von allen anderen unterscheidet – das undefinierbare Etwas des niedrigen Lasters, seiner Lüsternheit und seiner Widrigkeit.

Ganz oben im Mansardenzimmer, in dem ich wohnte, war ich zwar sicher vor der Polizei oder sonstigen Nachforschungen, doch sehr verlassen. Die Liebesbriefe an Rhea schrieb ich in dem winzigen Zimmer, das Jacqueline bewohnte. Ich versuchte, so gut es ging, flammende Worte für meine Leidenschaft zu finden. Zwischen den Zeilen standen dann mit unsichtbarer Tinte die nach England gerichteten Botschaften.

Das *Intelligence Service* hatte auf meine Anfrage betreffend Emilio, den Freund Fernands, geantwortet, sie seien einverstanden und bereit, ihn zu empfangen, und ich solle versuchen, den ersten Abtransport zu organisieren. Eine beachtliche Summe Geldes, so wurde mir versprochen, würde in Kürze durch einen Sendboten geschickt werden.

Fernand hatte mich mit einem polnischen Fliegeroffizier in Verbindung gebracht, den ich in einem kleinen Raum neben meinem Zimmer in der Mansarde Fannys einquartieren konnte, und auch auf einen dritten »Fahrgast« waren wir durch Zufall gestoßen.

Das geschah an einem regnerischen Tag. Jacqueline und ich eilten uns, um in einem kleinen Restaurant einen Imbiß einzunehmen. Unterwegs stießen wir auf eine Gruppe Menschen, die einen am Boden liegenden Mann umringten. Einer der Umstehenden, den ich beiseite schob, sagte geringschätzig: »Ein Engländer!«

»Das kann ja gar nicht sein«, antwortete ich prompt. Mein Interesse jedoch war erwacht. Ich beugte mich zu dem auf dem Bauch liegenden Mann hin – sein Kopf ruhte auf seinem Arm – und flüsterte ihm auf englisch zu: »Wenn du mich verstehst, steh' auf!« In der Annahme, ich sei ein Polizist, schwieg er. Ich redete ihm zu: »Hab' Vertrauen und steh' auf!« Ungläubig drehte er den Kopf, um mich anzuschauen. Unsicher, aber nicht unzuversichtlich zuckte er mit den Schultern. Ich half ihm, sich aufzurichten, und er folgte mir, ohne von den Umstehenden gehindert zu werden. Wir schritten schnellstens davon. Später erzählte er, wie er aus dem Gefangenenlager entkommen sei und wie er sich meist zu Fuß bis nach Marseille durchgeschlagen habe. In Marseille ersuchte er bei der Amerikanischen Gesandtschaft um Hilfe, war aber im Namen der unantastbaren Neutralität von den Beamten abgewiesen worden, und so hatte er sich hungrig, schwach und völlig entmutigt ganz einfach auf die Straße gelegt, um seine Festnahme abzuwarten. Er beendete seine Geschichte mit der Frage: »Wer sind Sie eigentlich, der liebe Gott selber?«

»Nein«, antwortete ich lachend, »aber der Weihnachtsmann!«

Kurz darauf brachte ein Korse, ein Freund von Fernand, einen jungen Belgier zu Fanny.

»Fünf Treppen hoch«, so meinte er, als er ihn am Eingang verließ, »finden Sie Monsieur Henri. Wenn Sie ihm sagen, Fernand schicke Sie und Sie Fernand, den Sie ja kennen, genau beschreiben, wird er Ihnen helfen.«

So klopfte er an meine Tür. Nachdem ich ihn ausgefragt hatte, erklärte ich ihm, daß er der vierte Fahrgast sei – Bestimmungsort Freiheit.

Fernand hatte alle notwendigen Vorbereitungen getroffen, um die vier »Postpakete« zu verschicken. Jedoch das Geld, das England versprochen hatte und das Fernand erwartete, um sich den guten Willen der Matrosen zu erkaufen, die unsere »Postpakete« ungesehen im Frachtraum eines Dampfers verstauen und ernähren sollten, blieb aus. Viel später erfuhr ich, daß der Mittelsmann mit dem Geld, ein junger Beamter der englischen Botschaft in Madrid, die Unvorsichtigkeit so weit getrieben hatte, in der damals verbotenen Zone an der spanischen Grenze zu einem Mittagsmahl Halt zu machen. Die spanische Polizei verhaftete ihn. Als die Polizisten in seinem Koffer eine große Anzahl französischer Banknoten fanden, wurde die ganze Angelegenheit dem Foreign Office in London übermittelt, und das *Service* konnte nichts anderes tun, als sich unschuldig zu stellen und das Gewitter über sich ergehen zu lassen.

Das Resultat aber war, ich war für längere Zeit ganz

auf mich allein angewiesen, ohne zu verstehen, weshalb.

Meine Situation war äußerst schwierig. Fernand konnte sich ganz einfach nicht vorstellen, daß das in seinen Augen allmächtige *Intelligence Service* Schwierigkeiten habe, uns die notwendigen Summen zukommen zu lassen, und kam so zu der Auffassung, ich sei gar nicht derjenige, der ich behauptete zu sein. Das war mehr als gefährlich, denn ich war mir bewußt, er würde keinen Augenblick zögern, mich im Fall der Gefahr, verraten zu werden, »unschädlich« zu machen.

Außerdem bekamen die vier »Fahrgäste«, eingesperrt in ihrem winzigen Zimmer, Platzangst, und sie konnten sich auch nicht erklären, weshalb die Reise von einem Tag zum anderen verschoben wurde. Die Lage schien hoffnungslos. Von London abgeschnitten, von meinen wenigen Freunden in Marseille mißtrauisch beobachtet, ohne Geld, in einer wahren Lasterhöhle wohnend, wachte ich eines Morgens auf mit dem Gedanken, Schluß zu machen. Ich erinnere mich noch, wie ich mich dem kleinen Waschbecken näherte, um mein Gesicht in dem trüben Spiegel zu betrachten.

»Wer bist du?« fragte ich mein Abbild. »Ein Niemand, eine Karikatur, ein Schatten, den man in London mit einem Namen versehen hat. Du suchtest den Heroismus, das Abenteuer, das Außergewöhnliche. Du hast es gefunden. Deine Familie glaubt, du seist tot, im Feld gefallen. Du wirst wohl sterben, aber wie eine Ratte in ihrer Falle. Du lebst in einer verrotteten Stadt, wo alles vermodert und jeder nur an sich denkt. Wissen diejenigen, die dich hierher geschickt haben, um deine Lage? Und wenn auch, es ist ihnen gleichgültig! Man glaubt, du seist ein Messias – du bist nichts anderes als ein Don Quichotte in Unterhosen!«

Während ich so zu meinem Abbild sprach, erschien im Spiegel das Bild Garcias. »Denk an meine Worte«, sprach es zu mir. Ich hatte sie vergessen. »Denk an meine Ratschläge«, schien Garcias Mund mir zuzuflüstern.

Jetzt oder niemals! – entschied ich, streckte mich auf meinem armseligen Bett aus und versuchte, mein Bewußtsein umzulenken und aus der Bedrohlichkeit der Situation herauszuheben. Es ist schwer, vielleicht sogar unmöglich, eine mystische Erfahrung in Worte zu kleiden. Der Körper, die Erde, die Sterne, die Galaxien verschmolzen zu einer Einheit. Und zu dieser Einheit gehörte ich. Grenzenlos, zeitlos schwebte mein Bewußtsein in einer pulsierenden Ewigkeit, in einem überweltlichen Licht, das einen Zustand völliger Überantwortung kennzeichnet. Marseille, der Krieg, Fanny, die Mansarde, all das zerrann, als ob es nicht existiere. Die Worte Garcias klangen an mein Ohr, nicht an das physische, sondern an das innere.

»Öffne die Türen der geheimen Kammer deiner Seele. Das Verständnis, das du so empfängst, wird dir die Antwort geben auf deine Frage. Du wirst in der tiefinnersten Stille deiner völligen Überantwortung die Kraft finden, dein Schicksal zu meistern.«

Langsam nahmen die Gegenstände um mich ihre alltägliche Form wieder an. Der wackelige Tisch, der zerrissene Teppich am Boden, der hölzerne Schrank, in dem meine Kleider hingen – und so lag ich wieder auf meinem Bett. Meine Angst war verschwunden. Ich fühlte mich völlig erfrischt, ja fröhlich, einem Gedanken nachhängend, der mir gekommen war, oder besser gesagt, der von meinem geschärften Verstand empfangen worden war: »Selbstverständlich!«, sagte ich laut, »das ist die Lösung.«

Ich zog mich an und eilte zu Jacqueline. Sie sollte die erste sein, die erfuhr, wie ich mich aus dieser hoffnungslosen Situation herausarbeiten würde.

VIII
Neun für die Bank

Ich zögere, die Gefühle zu beschreiben, die mich damals überwältigten. Ich erinnere mich genau der Sicherheit, jeglicher Gefahr enthoben zu sein. Ein Schlafwandler mag wissen, was das heißt. Heute kann ich nur die Reflexe wiedergeben oder das, was meiner heutigen Erkenntnis entspricht, und dies im vollsten Bewußtsein dessen, daß ich damals nicht fähig gewesen wäre, dieselben Schlußfolgerungen zu ziehen.

So ist mir klar, daß Psychiater eine mystische Erfahrung wie die meinige vielleicht sehr schnell mit der Formel einer Ichspaltung belegen würden. Gewiß jedoch ist, der Druck von Ereignissen kann in einem bestimmten Augenblick so stark sein, daß er dazu führt, spontan von dem abzulassen, das man festhalten wollte. Das Bekannte verliert sich, das Unbekannte gewinnt Raum; das Bekannte wird fremd, das Unbekannte vertraut. Man läßt es geschehen – und man läßt sich tragen. Man weiß nicht wohin – und ist doch sicher. Die rein physische, körperliche Angst ist vergessen. Alles in unserer Umgebung sehen wir plötzlich unbetroffen und frei und mit völlig anderen Augen an. Ein untrügliches Gefühl für die eigenen Fähigkeiten stellt sich ein. Wir stehen außerhalb der Ereignisse, doch in ihnen im Bewußtsein der Überlegenheit. Ohne Furcht vor dem, das kommen mag, aber auch ohne Wunsch, ein Resultat zu erzwingen, ist man in völliger Ausgeglichenheit einfach da. Ich beschreibe keinen Traumzustand, im Gegenteil, man ist hellwach, überwach und entsprechend empfänglich, selbst für die subtilsten Schwingungen, die der Gedankenwelt all derer, denen man begegnet, eigen sind. Man versteht plötzlich die Umwelt, ohne jegliche Neigung, ihr zuzustimmen oder sie abzulehnen. Man ruht im Gleichgewicht des Verstehens und seiner selbst.

Als ich zu Jacqueline eilte, erschien mir plötzlich der brodelnde Topf von Marseille wie eine alberne Farce, der Krieg wie ein unbegreiflicher Unsinn, nicht etwa aus irgendeiner logischen Schlußfolgerung heraus, sondern eben aus einer anderen Sicht. Ich fühlte mich all dem überlegen und unverwundbar.

Läßt sich dieses »Gefühl« mit einem Trancezustand vergleichen? Vielleicht, doch angemessen erscheint mir die Bezeichnung »höherer Bewußtseinszustand«. Die Lösung meiner Probleme stand für mich nicht mehr in Frage, und ich war verwundert, sie nicht schon längst gefunden zu haben.

Ich wußte genau, daß man beim Kartenspiel viel leichter verliert als gewinnt, aber da die Spielbank in Monte Carlo als einzige Spielbank des Landes noch in Betrieb war, zweifelte ich keinen Augenblick, dort würden mir die notwendigen Summen zur Verfügung gestellt werden. – Wie? Ja, ganz einfach, durch das Kartenspiel.

»Zum Spielen braucht man einen Einsatz«, meinte Jacqueline realistisch, »woher nimmst du ihn?«

»Den wird mir Fanny leihen«, antwortete ich ohne jedwedes Zögern.

Eines sollte deutlich sein: Ich war nicht jener, der

spielen wollte, ich war nur der Ausführende, der Mittelsmann. Ein gewaltiger Unterschied! Und nur die völlige Losgelöstheit, die völlige Unbetroffenheit, das völlige Vertrauen, es geschehen zu lassen, ermöglichten solch eine Haltung.

Mittags thronte Fanny zu Häupten eines langen Tisches, an dem mit viel Geplapper ihre »Pensionärinnen« zu Mittag aßen. Dieser Moment war günstig. Ich wußte es und betrat den Salon, der auch als Speisezimmer diente, im richtigen Augenblick. Ich winkte Fanny beiseite, und sehr bestimmt und überzeugend klangen meine Worte: »Ich bin dir Geld schuldig. Meine Freunde da oben sind deine Bürgen. Ein sehr rentables Business wird mir angeboten. Leih' mir dreißigtausend Francs, und ich gebe sie dir morgen doppelt zurück, plus dem, was ich dir schulde.« Die Augen Fannys leuchteten.

»Das wären rund siebzigtausend Francs? Verstehe ich richtig?«

»Du verstehst richtig!«

»Wehe dir, wenn du mich betrügst.« Die Worte klangen plötzlich hart.

»Monsieur Henri betrügt niemanden, außer vielleicht Dummköpfe«, setzte ich, meiner Rolle getreu, hinzu. Da lächelte sie verständnisvoll und verschwand, um das Geld zu holen.

Um achtzehn Uhr waren Jacqueline und ich am Bahnhof Saint-Charles. Der Zug fuhr nach Nizza, wo wir am nächsten Morgen einen anderen nach Monte Carlo besteigen sollten. Mit drei Stunden Verspätung traf er in Marseille ein. Spärlich beleuchtet – die bläulichen Glühlampen ließen alles im Schatten –, glich er einem Gespensterzug, denn auch der Bahnhof war völlig dunkel. Wir drängten uns in ein Abteil, als eine Frauenstimme erfreut ausrief:

»Frédéric! Das ist aber eine Überraschung!« Ich rührte mich nicht.

»Aber das ist doch Frédéric!«, behauptete die junge Frau, sich zu ihrem Mann wendend, der neben ihr saß. Wir standen zwischen den Sitzen im überfüllten Abteil.

»Er ähnelt ihm«, beruhigte sie der Mann, »wenn es Frédéric wäre, würde er uns erkennen.«

»Zum ersten Mal begriff Jacqueline, daß ich nicht Henri hieß. Da Polizeispitzel ihre Nase überall hatten, war dieser Zwischenfall um so gefährlicher, als in den kommenden zwei Stunden die junge Frau, die ich natürlich recht gut kannte, unentwegt versuchte, mit mir ins Gespräch zu kommen. Alle Anwesenden machte dies natürlich stutzig, und die Spannung war schier unerträglich.

Endlich kamen wir in Nizza an – ohne weiteren Zwischenfall. Wir fanden in einem kleinen Hotel Unterkunft, und am nächsten Morgen gegen elf Uhr erreichten wir das Fürstentum Monaco. Es war, als ob wir auf einem anderen Planeten gelandet wären. Das elegante Publikum, das weiße, im Stil des 19. Jahrhunderts gebaute, mit Struck reich dekorierte Gebäude der Spielbank, die auf den Terrassen sitzenden Müßiggänger, die Blumen und Palmen – alles schien einer untergegangenen Epoche anzugehören.

Der Aufsichtsbeamte der Spielbank wollte unsere Personalausweise sehen. »Waren Sie schon einmal hier?«, fragte er. In der Hoffnung, daß Henri Jonquiére diesen Einfall nie gehabt hatte, antwortete ich mit einem

Nein, und so begann der Beamte – er verschwand eine Weile und erschien dann wieder –, unsere Eintrittskarten auszufüllen. In diesem entscheidenden Augenblick rief eine Stimme hinter mir meinen Namen. »Frédéric!« Ich drehte mich, wie von einer Tarantel gestochen, um und schaute einem guten Bekannten ins Gesicht.

»Sie irren, mein Herr«, sagte ich kaltblütig, »eine Ähnlichkeit scheint Sie zu täuschen.«

»Aber . . .« – und mit diesem erstaunten Aber verließ er mich kopfschüttelnd. Wir traten in den Spielsaal, und ich nahm an einem »Chemin de fer«-Tisch Platz, an dem bereits trotz der frühen Nachmittagsstunde intensivst gespielt wurde. Jacqueline blieb hinter meinem Stuhl stehen.

»An Sie die Bank«, sagte der Croupier und schob den Schlitten zu mir hin. Ich hatte Fannys Geld in Jetons umgewechselt und schob diese dem Croupier zu. Es waren ungefähr funfundzwanzigtausend Francs. Ich kann heute zwar alles genau rekonstruieren, aber damals, als ich dort saß, war ich eigentlich völlig abwesend. Das Spiel war mir wirklich und wahrhaftig fremd. Ich verteilte die Karten. Ein mir gegenübersitzender, gutaussehender älterer Herr nahm sie an sich, während er »banco« sagte, und legte sie sofort wieder aufgedeckt auf den Tisch.

»Acht!« ließ er vernehmen. Ich drehte meine Karten um, es waren ein König und eine Herzneun.

»Neun für die Bank«, sagte der Croupier, indem er die Jetons meines Spielpartners in die Mitte des Tisches schob.

»Banco suivi«, erklärte der Verlierer.

Ich verteilte von neuem die Karten. Er schaute die seinen an und machte mit der Hand eine abwehrende Geste. Er wollte keine weitere haben. Ich drehte meine zwei Karten um - eine Zehn und eine Fünf - und zog eine Vier.

»Neun für die Bank«, ertönte die Stimme des Croupiers, und gleichzeitig raffte er all die bei meinem Vis-à-vis befindlichen Jetons mit einem Rechen an sich, um sie in die Mitte des Tisches zu schieben.

»Banco suivi«, wiederholte der Verlierer zum zweiten Mal, indem er Banknoten aus seiner Brieftasche zog - eine große Summe. Er verlor von neuem.

»La banque passe«, erklärte ich aufstehend den herangeeilten Bediensteten und bat, die auf dem Tisch liegenden Jetons an der Kasse für mich umzutauschen.

Jacqueline erzählte mir hinterher, daß ich wortlos mit ihr zum Zug gegangen sei. Wir mußten lange warten und fuhren zuerst nach Nizza und dann nach Marseille. Ich muß mich während dieser ganzen Zeit wie in einem Schlafwandelzustand befunden haben.

Vielleicht war dem so. Etwas sehr Maßgebendes hatte sich ereignet, und ich war mir dessen bewußt. Von nun an zweifelte ich nicht mehr daran, die Fähigkeit zu besitzen, mich von der Problematik des Augenblicks befreien zu können, um sie dann von höherer Sicht aus zu betrachten und zu lösen.

Fanny bekam ihr Geld, Fernand konnte die notwendigen Ausgaben, die zur Unterbringung der blinden Passagiere auf der *Mariette Pascha,* einem nach Südamerika fahrenden Dampfer, notwendig waren, begleichen. Ich schrieb einen neuen Liebesbrief an Rhea, damit in Gibraltar, wo alle Schiffe von der englischen Marine untersucht wurden, der *Mariette Pascha* besondere Aufmerksamkeit geschenkt würde, um die »Postpakete« auch sicher zu finden.

Nur beiläufig sei erwähnt, daß letzten Endes alles programmgemäß verlief. Die vier »Postpakete« kamen, wenn auch stark abgemagert, gut an. Der eine wurde später Minister in Italien, der Pole wurde über dem Kontinent abgeschossen, der Belgier gründete eine Familie, und den Engländer, der in der Zwischenzeit einen Arm verloren hatte, traf ich nach der Befreiung von Paris im Militär-Club. Er erzählte mir, daß er in London alle Hebel vergeblich in Bewegung gesetzt hatte, um zu erfahren, wer der unbekannte Helfer gewesen sei. Vergeblich! Diejenigen, die hätten antworten können, sagten nichts und jene, die nichts wußten, konnten ihm keine Antwort geben.

Obwohl sich unsere erste Aktion in dieser verkürzten Schilderung problemlos darstellt, wäre unser Unternehmen fast gescheitert. Das Herausschmuggeln der vier »Postpakete« aus Marseille und das Einschmuggeln auf das Schiff hätten fast in einer Katastrophe geendet, denn ein betrunkener Matrose, mit dem man gar nicht rechnete, warf plötzlich den wunderbar vorbereiteten Plan über den Haufen. Er wollte die vier Fremden, die man in seiner Kabine untergebracht hatte, weil man dachte, sie bliebe vorerst leer, hinauswerfen. Seine bestochenen Kameraden versuchten, ihn zu beruhigen. Es war ein großes Glück, daß der von dem Matrosen tief unten im Schiffsbauch hervorgerufene Krawall von den Offizieren zwar gehört, aber als belanglos angesehen wurde. Sie nahmen sich nicht die Mühe, ihm auf den Grund zu gehen. Wenn ich diesen Zwischenfall dennoch erwähne, dann deshalb, weil ein Sandkorn selbst die Räder einer gut geölten Maschine anhalten kann. Der Matrose hatte sich betrunken, weil er Streit mit seiner Frau gehabt hatte. Statt bis zum nächsten Tag bei ihr zu bleiben, ging er in eine Kneipe und von dort mitten in der Nacht unerwartet an Bord. – Ein banaler Ehezwist setzte viele Menschenleben aufs Spiel.

IX

Darf Spatz mit?

Eines war mir klargeworden - vielleicht weil sich mein Verständnis vertiefte -, so konnte es nicht weitergehen. Die Verbindung mit London über Rhea mußte einer durchorganisierteren, einer durchdachteren wie ausgefeilteren Platz machen. Auch faßte ich, von Jacqueline unterstützt, den Entschluß, nach Paris zurückzureisen, was eine zwar verbotene, aber nicht unmögliche Überquerung der Trennungslinie notwendig machte - einer Trennungslinie, die die sogenannte besetzte Zone von der unbesetzten abriegelte.

Ich hatte noch keine klare Vorstellung davon, was ich in Paris tun würde. Vielleicht spielte unbewußt der Gedanke mit, wieder zu mir selbst zu finden, und auch für Jacqueline wäre es von der besetzten Zone aus leichter, Straßburg zu erreichen, um von dort aus das zurückgebliebene kleine Vermögen zu retten. Ich dachte auch an meine Eltern, die sich sicherlich die größten Sorgen um mich machten, da sie seit Zells Rückkehr, die, wie ich hoffte, gut angekommen war, keinerlei Nachricht von mir hatten. Ich wollte auf jeden Fall vermeiden, sie in irgendeiner Weise in meine Untergrundtätigkeit hineinzuziehen, und außerdem war es unmöglich, da viel zu gefährlich, schriftlich bestimmte Zusammenhänge zu erklären. Der Postverkehr zwischen den beiden Zonen erwies sich übrigens als äußerst schwierig. In Paris, dachte ich, könnte ich mit verschiedenen Freunden manches besprechen, auch Maßnahmen und Verhaltensregeln im Sinne einer viel besser organisierten »Reiseroute« vereinbaren. Ich rechnete damit, daß London mir die notwendigen Mittel zur Verfügung stellen würde. Wie, wußte ich allerdings nicht.

Meinen Entschluß teilte ich Fernand mit, der sich einverstanden erklärte, mich jedoch bat, vorher einer sehr einflußreichen Persönlichkeit, die sich in Sète bei einem seiner Freunde verbarg, zur Flucht nach England zu verhelfen. Ich versprach es ihm.

Jacqueline blieb in Marseille, ich reiste nach Sète, um Fernands Freund Secco, der der Gewerkschaft der Handelsmarine in dieser Stadt vorstand, zu treffen. Secco empfing mich freundlich und sichtbar zufrieden.

»Fernand hat mir von Ihnen erzählt. Ich glaube, daß wir mit vereinten Kräften dem ›General‹ die Flucht nach London ermöglichen können. Vielleicht kann ein britisches Kriegsschiff ihn unweit von hier abholen, denn er ist ein ganz wichtiger Mann.«

»Wer ist dieser ›General‹?«, fragte ich neugierig. Ganz leise, mit Verschwörermiene, flüsterte er mir ins Ohr:

»Er ist der Ihnen sicherlich bekannte Generalsekretär der Arbeitergewerkschaft Frankreichs.«

Selbstverständlich kannte ich den Namen, denn eben jener ›General‹ hatte politisch in den letzten Jahren, speziell in der Regierung Blums, eine wesentliche Rolle gespielt.

»Können Sie sich das weltweite Echo vorstellen«, fuhr Secco fort, »den sein Aufruf an die Arbeiter über die BBC, die British Broadcasting Corporation, hätte, sich gegen die Besatzungsmächte aufzulehnen?«

Voller Begeisterung wollte er mich schnellstens zum Vater und Sohn Lenk führen, Elsässer, die sich in Sète niedergelassen hatten und die, so behauptete er, uns helfen würden.

»Jacques, der Sohn, will nach England. Er ist ein guter Matrose und hat ein großes Segelboot, das unseren Fischerbooten ähnelt. Dreimal die Woche dürfen sie auf Fischfang hinaus auf See. Mit dem ›General‹ an Bord seines Schiffes könnte Jacques unbemerkt entkommen.«

Ich hörte zu, als wir Seite an Seite die steile Straße zum Hause des Vaters Lenk hinanstiegen, meine Gedanken waren jedoch anderswo. Ich sah, als wäre es gestern gewesen, vor meinen Augen meine zwei Kinder auf dem Gepäckwagen liegen. Ich dachte gleichzeitig an die Bomben, die der Propaganda zufolge London wie ein Karthago zerstören sollten. Vielleicht waren die Kinder schon nicht mehr am Leben. Ich dachte an Dereck, an Godot, an Heidi und schaute auf das glitzernde Meer, genauso glitzernd wie damals, gar nicht lange her, als ich auf der *Dora* den Hafen verlassen hatte. Als ich so auf den Hafen zurückblickte, traute ich meinen Augen kaum. Das muß ja die *Dora* sein, dachte ich ungläubig.

»Wem gehört das Schiff?«, fragte ich.

»Richtigen Gaunern! Sie kamen vor kurzem zurück in der Meinung, sie könnten eine neue ›Ladung‹ Diamantenhändler fortschaffen. Nun sitzen sie in der Falle und verfluchen ihren Leichtsinn. Alle Häfen sind ja strengstens von einer italienischen Waffenstillstandskommission überwacht. Herein kann man wohl, heraus aber nicht mehr.«

Vater und Sohn Lenk empfingen uns freudig, und wir

besprachen sofort unseren Plan. Jacques, ein stämmiger Mann, etwa zwanzig Jahre alt, mit breiten Schultern und sympathischem Gesicht, das ein kurzgeschnittener Bakkenbart umrahmte, erklärte kurzerhand:

»Wir brauchen tausend Liter Brennstoff für unseren ›Ausflug‹, erst recht, um nicht bei Windstille umherzutreiben, und wenn uns dann noch ein Schiff von Gibraltar entgegenkommt, riskieren wir nichts.«

»Ich weiß nicht, ob das möglich ist«, antwortete ich vorsichtig. »Selbst für den ›General‹ dürften die Engländer nicht allzu leicht ihre Schiffe in die Welt schicken. Man müßte schon zusehen, Gibraltar mit eigener Kraft zu erreichen. Je mehr ich es mir überlege, desto besser scheint es mir, wenn ich Sie begleite. Statt in Paris auf Antworten zu warten, sollte ich sie mir vielleicht lieber persönlich holen. Wir werden sehen.«

Secco rieb sich die Hände. »Brennstoff habe ich in sechs Fässern bei einem Alteisenhändler versteckt. Mit einem Boot können wir am Ufer des Kanals entlang, der mitten durch Sète fließt, an das Versteck gelangen. Die Fässer lassen sich ins Wasser rollen. Öl ist leichter als Wasser, und in zwei oder drei Fahrten, mit den Behältern im Schlepptau, können die Fässer an Bord von Jacques' Schiff gebracht werden. Selbstverständlich nachts, denn Sète erfreut sich einer ständigen Überwachung, nicht nur der französischen Polizei, sondern auch der der Sieger.«

So beschlossen wir, schon in der kommenden Nacht mit dem uns von Secco geliehenen Boot, dem Alteisenhändler einen Besuch abzustatten. Wir fanden den Ort ohne Mühe, rollten zwei Fässer ins Wasser mit einem Heidenlärm – so schien es uns. Doch alles lief glatt.

Jacques ruderte, ich steuerte, indem ich versuchte, die zwei Fässer im Schlepptau mit einem Stock von den Kanalwänden wegzudirigieren. Ein Hund bellte, ein Betrunkener folgte uns fluchend und lamentierend, ein Fensterladen wurde aufgerissen, und jemand schrie – aber unverständlicherweise blieb der Alarm aus. Lange vor Tagesanbruch hatten wir zwei Fässer in der *Mangouste* verstaut.

Zwei weitere Reisen folgten, quer durch Sète, zwischen Mitternacht und zwei Uhr früh. Während der zweiten Reise hörten wir im Takt marschierende Soldaten, die nach Terroristen fahndeten. Sie marschierten sozusagen über unseren Köpfen, denn wir hielten uns gegen die Wand des Kanals gedrückt, und sie zogen, keinen Meter weit entfernt, an uns vorbei, ohne zu ahnen, wie stark unsere Herzen schlugen.

Nervlich waren wir wohl sehr mitgenommen, aber das Schwierigste lag nun hinter uns. Vater Lenk hatte in einem Sack Proviant aus trockenem Brot und getrockneten Fischen vorbereitet, Wasser konnte in einigen Kanistern ins Boot gebracht werden. Am nächsten Mittwoch war Fangtag, und soweit schien alles bestens abzurollen.

»Gehen wir zum ›General‹«, schlug ich vor, »ich möchte ihn kennenlernen und ihm die gute Nachricht übermitteln, damit er sich bis übermorgen früh auf eine angenehme ›Erholungsreise‹ vorbereitet.«

»Er wohnt bei mir«, antwortete Secco, »das ist praktisch. Ich habe eine alte Mutter; sie sitzt den ganzen Tag in ihrem Sessel, und unter ihrem Rock hat der General wichtige Dokumente versteckt. Kein Polizist würde es wagen, den Rock einer alten Frau zu heben. London wird staunen.«

Seine Begeisterung war ansteckend. Ich wurde dem ›General‹ vorgestellt, und er schüttelte mir die Hand.

»Ich bin Ihnen zu tiefer Dankbarkeit verpflichtet«, sagte er. »Bitte warten Sie einige Minuten, ich muß Spatz die gute Botschaft bringen.«

»Wer ist Spatz?«, fragte ich erstaunt, als er aus der Tür gegangen war. »Seine Freundin«, erklärte Secco, und schon kam der General zurück. »Darf Spatz mit? Ohne sie fahre ich nicht.« Völlig verdutzt und nicht gerade begeistert, bejahte ich. Denn diese Variante war nicht nur nicht vorgesehen, sie war auch, was London betraf, höchst unerfreulich. Der ›General‹ hatte den Raum verlassen, aber dieses Mal dauerte seine Abwesenheit lange, sehr lange. Schließlich öffnete sich die Tür. Mit verschlossenem Gesicht, doch sichtlich bewegt, teilte er uns mit, Spatz habe Angst, seekrank zu werden.

»Ich bleibe!«, entschied er knapp. »Ich bleibe!«

Spatz verurteilte durch ihr Betragen ihren Geliebten. Kurz darauf verhaftete ihn die Polizei. Er kam in ein Gefängnis und dann in ein Lager, wo er bis Ende des Krieges blieb, unter nicht allzu harten Bedingungen allerdings, was seiner politischen Bedeutung zuzuschreiben war. Sofort nach der Befreiung Frankreichs kam er in die Hauptstadt zurück, wurde als Held gefeiert und erklärte jedem, der es hören wollte, er habe sich aus patriotischen Gründen nicht absetzen wollen. Er habe, so behauptete er, die Arbeiter dieses Landes nicht im Stich lassen können.

»Ich fuhr zu Jacqueline zurück, um irgendwie mit ihr zusammen Paris zu erreichen. Der tief enttäuschte Jacques ging mit einem Freund an Bord seines Schiffes, wurde von einem Sturm an die spanische Küste getrieben und verbrachte zwei Jahre in einem spanischen Gefangenenlager, um sich schließlich, als Spanien umschwenkte, nach England aufzumachen.

X
Gesucht: Frédéric Lionel

Bereits im Spätherbst des Jahres 1940 waren entlang der Trennungslinie der zwei Zonen Frankreichs Stacheldrahtverhaue angebracht, doch wurden sie erst nach und nach verbessert und undurchdringlicher. Allerdings gab es auch damals schon Patrouillen mit Hunden, und das Risiko, gefaßt zu werden, war insofern groß, als schwere Gefängnisstrafen folgten.

Jacqueline und ich trafen am Nachmittag eines sehr regnerischen Tages in Saint-Florent-sur-Cher ein, einem kleinen Grenzort diesseits des Flusses Cher. Auf der anderen Seite begann die besetzte Zone. Wir hatten die Adresse eines Kneipenwirts ausfindig gemacht, der, so wurde uns in Marseille versichert, gegen entsprechendes Entgelt den Grenzübertritt organisieren konnte. Als wir ihn daraufhin ansprachen, machte er kein Hehl aus seinen Aktionen und erklärte sich bereit, uns zu helfen. »Die Hunde«, so meinte er auf unsere Frage, »die mit den Soldaten patrouillieren, sind unfähig, in einem derart nassen Wetter eine Fährte aufzunehmen.«

Wir verbrachten beruhigt die Nacht in seinem Lokal, und gegen fünf Uhr früh holte er uns ab. Er führte uns zu einem verlassenen Steinbruch und verließ uns mit den Worten:

»Versteckt euch hinter den Steinblöcken und wartet

hier den Tagesanbruch ab. Unmittelbar vor euch befinden sich die Stacheldrahtverhaue. Man kann sich, wenn man geschickt ist, unter ihnen durchschlängeln. Dies müßt ihr tun. Wartet die Morgenpatrouille ab. Sie kommt so zwischen fünf und sechs Uhr vorbei. Kurz darauf könnt ihr losrennen und zwar quer über die Wiese geradeaus in den kleinen Wald vor euch – hundert Meter weit weg –, ihr durchquert ihn, ohne anzuhalten. Dann kommt ihr an eine Landstraße; sie führt zu eurer linken Hand nach Bourges. Das Risiko ist klein.«

Wie gesagt, so getan. Die Patrouille kam vorbei. Kurz darauf hörten wir allerdings Befehle, und ein armseliger Trupp Gefangener marschierte unter strenger Bewachung jenseits des Stacheldrahtverhaues an uns vorbei. Ich konnte nicht umhin, mir die Gefühle der Verzweiflung in diesen Menschen vorzustellen, für eine weiß Gott wie lange Zeit in einem Lager eingesperrt zu werden.

Gleich nach diesem Zwischenfall gelang es uns ohne allzu große Mühe, unter dem Stacheldraht in einer willkommenen Mulde hindurchzukriechen, und dann eilten wir, verschmutzt und naß, doch erleichtert dem Walde zu. Erst auf der Landstraße verlangsamten wir unsere Schritte. Wir kamen zu einer Ortschaft, durchquerten sie, erreichten den Bahnhof und warteten, nicht ohne Spannung, auf den mit großer Verspätung angekündigten Zug. So kamen wir schließlich in Paris an.

Alles wirkte grau und unfreundlich. Die Menschen, fröstelnd im kalten Wind, waren in sich gekehrt und mit ihren Sorgen allein. Kein Lächeln erhellte die Gesichter, und keiner schien sich um den anderen zu kümmern. Düster war die Atmosphäre, und sie war schmerzlich fühlbar. Am Pont Austerlitz schauten Soldaten der Wehrmacht auf die Seine. Den guten alten Fluß ließen die Ereignisse der Umgebung kalt. So manches hatte sich in den letzten zweitausend Jahren in seinen trüben Gewässern gespiegelt.

Wir stiegen in die Metro. Anstelle der ehemaligen Reklameplakate prangten politische Propagandaplakate an den Wänden, um für die neue Ordnung zu werben. Ich brauchte Zeit, um die scheinbaren Widersprüche im Verhalten der Bevölkerung zu verstehen. Einerseits ging das Leben weiter, man mußte sich den neuen Umständen, so gut es ging, fügen, andererseits hatte man Angst, und keiner traute dem anderen. Die neuen Schlagworte wurden immer wieder eingetrichtert, und in einer gewissen Weise bewunderte man die Besatzungstruppen, die so schnell einen derart großen Sieg errungen hatten. Gleichzeitig jedoch wünschte man sie zum Teufel.

Man konnte sich äußern, wie man wollte – es war alles zweideutig; die polizeiliche Überwachung fand immer Grund und Nahrung für ihr eigenes Mißtrauen. Zu dieser Zeit versuchten die Besatzungsbehörden, sich mit der Bevölkerung gutzustellen. Militärmusik, Märsche und Paraden waren an der Tagesordnung. Man nannte sie den »Zirkus«.

Nicht wissend, was ich zuhause vorfinden würde, hatte ich Jacqueline geraten, sich so schnell wie möglich sofort nach Straßburg durchzuschlagen. Deshalb mußte sie am Gare de l'Est einen Zug nach Belfort, der Grenzstation vor dem annektierten Elsaß-Lothringen, besteigen, um von dort aus zu versuchen, ihre Heimatstadt zu erreichen. Eine Tante von ihr wohnte in Belfort und würde ihr sicherlich behilflich sein.

Wir nahmen Abschied. Wehmütig und bedrückt gab ich ihr meine Telefonnummer und bat sie, mich so bald wie möglich anzurufen. Tapfer, aber dem Weinen nahe, folgten mir ihre Augen, als ich die Treppen der Metrostation hinunterging; als ich mich umdrehte, war sie verschwunden – für immer. Ich weiß heute noch nicht, was mit ihr geschah. Nach dem Krieg war ihre Tante gestorben; sie war der einzige Anhaltspunkt meiner Nachforschungen.

Über die Metrostation Porte de Champerret erreichte ich zu Fuß meine Wohnung in Neuilly. Meine Hand zitterte, als ich den Türknopf drückte, um das Eingangsportal zu öffnen. Sechs Monate waren verstrichen, seit ich mit Godot Paris verlassen hatte, fünfeinhalb, seit ich Zell in Biarritz bat zurückzureisen. Die Hausmeisterin war offensichtlich verblüfft. Ich erzählte ihr, wie übrigens allen, denen ich später begegnete, daß ich durch das Explodieren einer Fliegerbombe einen Schock erlitten hatte, der mich die vergangenen Monate in einem Spital in Bordeaux festhielt. Hierzu ist zu sagen, daß in der damaligen Lage selbst das Unwahrscheinlichste für bare Münze genommen wurde. In der allgemeinen Verwirrung war man über nichts erstaunt.

Zell fiel mir um den Hals. Sie hatte Paris ohne allzu große Schwierigkeiten erreicht, meine alten Eltern getroffen und ihnen berichtet, was wir ihr gesagt hatten. So »wußten« sie, daß wir versuchen würden, nach Nordafrika zu gelangen – Heidi, die Kinder und ich selbst. Da jedoch Wochen und Monate ohne das geringste Lebenszeichen von mir verstrichen, waren meine Eltern zu der Überzeugung gelangt, wir seien verschollen. Außerdem klang Zells Bericht lückenhaft, und da mein Vater gute

Beziehungen hatte, entschlossen sich die zwei alten Menschen, zu ihrer in Südamerika verheirateten Tochter zu ziehen. Wir haben uns wahrscheinlich in Marseille gekreuzt, ohne zu wissen, wie nahe wir einander waren.

Diese Nachricht, die mich zuerst tief erschütterte, hatte andererseits auch etwas sehr Positives, denn ich wollte ja versuchen, im besetzten Gebiet im Rahmen meiner Mission zu wirken, und jedweder Bindung völlig frei zu sein, war ein großer Vorteil. Auch war ich froh, beide Eltern in Sicherheit zu wissen, denn um jede brieflich gefährliche Erklärung zu vermeiden, beschloß ich, nichts von mir hören zu lassen. Es war ein weiser, doch schwerer Entschluß, denn brieflich hätte ich unmöglich die Trennung von Kindern und Frau erklären können. So hörte ich vier Jahre lang nichts von den Eltern und sie nichts von mir, aber so mußte es sein.

Zell glaubte natürlich die Geschichte mit der explodierten Bombe nicht, aber sie tat so als ob. Serbischer Abstammung, an die sechzig Jahre alt, hatte sie mir und meiner Familie über Jahre hinweg treu zur Seite gestanden. Ihre Heimat war ja auch besetzt, und diese Tatsache schuf eine zusätzliche Bindung.

Am Nachmittag ging ich in die Fabrik. Als ich in das Kontor trat, saß Buchois, einer meiner Angestellten, den ich vor einigen Monaten zurückgelassen hatte, an einem wackeligen Tisch. Wie vom Donner gerührt, sah er mich ungläubig an. Wieso eigentlich?, fuhr es mir durch den Kopf. Die Maschinen, die verschiedensten Geräte des Labors, ja selbst die Telefonapparate waren verschwunden und hatten, wie ich bald herausfand, im florierendsten Schwarzhandel als Tauschobjekte gedient.

Buchois hatte nicht damit gerechnet, mich je wiederzusehen, deshalb entsetzte ihn mein Erscheinen. Ich trug ihm die Geschichte mit der Bombe vor. Er lächelte wegwerfend, nahm wortlos seinen Hut und Mantel und verließ den Raum. In der auffallend leeren Fabrikhalle traf ich die wenigen Arbeiter, die zwangsläufig an dem Zerstörungswerk mitgewirkt hatten, und versprach, mein Möglichstes zu tun, damit sie bleiben konnten. Die finanzielle Situation war katastrophal, aber das stellte sich erst später heraus; die kommenden Monate benutzte ich, um sie dank Hypothekarkrediten zu festigen.

Plötzlich tauchte Buchois wieder auf, lehnte sich über das Pult, an das ich mich gesetzt hatte, und warf eine braune Postkarte vor mich hin. Es war eine Rote-Kreuz-Karte mit vorgedruckten Fragen, auf die man nur mit einem oder zwei Worten antworten sollte. Das Rote Kreut hatte diese Möglichkeit durchgesetzt, damit auseinandergerissene Familien gegenseitig Nachricht bekommen konnten. Ein großer Stempel mit dem deutschen Adler, das Hakenkreuz in seinen Krallen, trug die Aufschrift: Zensur. Die Karte stammte aus England, und so las ich:

Gesucht: Frédéric Lionel
Zum letztenmal gesehen: Gibraltar
Unterschrift: Godot

Ich schaute auf, da stand Buchois und fragte zynisch: »Seit wann liegt Gibraltar bei Bordeaux?« – Mein Schicksal war in seiner Hand. Ein Wort von ihm würde meine sofortige Verhaftung zur Folge haben. Erschwerend war außerdem, wie ich nachher erfuhr, der Umstand, daß seine Frau sich mit einem deutschen Feldwebel eingelassen hatte, der sehr aktiv am Schwarzhandel beteiligt war. Ich erriet auch sofort den Grund, der Godot veranlaßt hatte, diese dumme Suchanzeige abzuschicken. Er hatte mich in London gesucht, doch niemand konnte oder wollte ihm Auskunft geben. Naiv wie er war, dachte er, vielleicht wisse Buchois, wo ich zu finden sei, was allerdings jeder Logik widersprach. So ließ Godot ein Damoklesschwert über meinem Haupt baumeln, und manche Nacht fand ich angesichts dieser Tatsache keinen Schlaf. Nichts zerrt mehr an den Nerven als die eigene Einbildung, Schritte zu hören, und der erstarrte Moment vor dem Schrillen der Glocke.

Buchois verließ die Fabrik. Ich verzichtete darauf, gegen ihn zu klagen. Aber heute frage ich mich, was ihn veranlaßte zu schweigen. War es das Verhältnis seiner Frau mit einem Feldwebel, war es Patriotismus? Drei Jahre darauf starb er im *Delirium tremens.*

Niedergeschlagen verließ ich die Fabrik. Ich ging auf das zuständige Polizeirevier, um den Verlust meiner Papiere zu melden. In Paris konnte ich unmöglich Henri Jonquière bleiben. Alles verlief reibungslos, man kannte mich, und ohne Schwierigkeit erhielt ich einen provisorischen Ausweis auf meinen wahren Namen. Der Abend war angebrochen, und ich benötigte dringend eine Ablenkung von meinen Sorgen. Trotz meiner Müdigkeit beschloß ich, ein Lokal zu besuchen, das ich gut kannte, das *Champclos.*

Der Barkeeper begrüßte mich, der Wirt begrüßte mich, viele Menschen waren da. Man trank Champagner, Siegesberichte der Wehrmacht wurden stündlich ausposaunt, kurz, es herrschte eine gehobene Stimmung, an der ich nicht teilnahm. Immer wieder mußte ich an meine Kinder denken und an die Gefahr, in der ich mich befand. Nach einigen Gläsern Champagner, die mir von den weißbefrackten Kellnern gereicht wurden, faßte eine Frauenhand mich am Arm:

»Henri, das ist aber eine Überraschung! Ich bin mit Freunden hier, kommen Sie mit zum Abendessen?« Ich drehte mich um und erkannte Tanja Borsareff, die mir halb ernst, halb schelmisch Vorwürfe machte, sie ohne Abschied in Lissabon verlassen zu haben. Niemand achtete auf ihre Worte, obwohl wir, dicht von Menschen umgeben, an der Bar standen.

»Tanja, liebe Tanja«, antwortete ich, nur schwer meine Ruhe wahrend. »Heute kann ich nicht, aber morgen käme ich gerne nachmittags zu dir, um dir manches zu erklären.« »Ausgezeichnet«, stimmte Tanja zu, »mein Mann ist verreist, das ist eine gute Gelegenheit, uns auszusprechen. Bis morgen!«

Und so begann die längste Nacht meines Lebens. Wie zum Teufel konnte ich dieser Situation entgehen. Tanjas Mann war in der bulgarischen Botschaft tätig, also in unmittelbarer Verbindung mit der deutschen Verwaltung. Er wie seine Frau hatten mich in London gesehen. Wie sollte ich dies erklären oder verschweigen, was derart offensichtlich war? Kaum zwölf Stunden nach meinem Wiedersehen hielten zwei Menschen mein Schicksal in ihren Händen. Es war undenkbar, daß es mir gelingen würde, auch diesmal meinen Kopf aus der Schlinge zu ziehen.

XI

Ich kann doch nicht zur Verräterin werden!

Mir wurde bewußt, daß es leichter ist zu verschwinden, als wieder aufzutauchen. Zuhause angekommen, warf ich micht auf's Bett und schlief erst einmal vor Übermüdung ein. Dann aber wälzte ich mich umher, und eine aus dem Tiefinnersten entspringende Angst bemächtigte sich meiner. Ich stand auf, ging in der Wohnung auf und ab, setzte mich schließlich auf einen Stuhl und versuchte, an Garcia zu denken.

»Geh' über die Schwelle - werde ruhig - habe Vertrauen.«

Es war vergeblich. Ich konnte nicht. Ich hatte das Vertrauen nicht. So saß ich noch am Morgen da, um immer wieder bei der Überlegung zu landen, daß die einzig mögliche Lösung bei Tanja läge. Ich mußte aus ihr eine Verbündete machen.

Am Nachmittag läutete ich an Tanjas Tür. Sie öffnete selbst. Es war eine große Wohnung, wahrscheinlich beschlagnahmt. Die Erinnerungen an diesen Nachmittag sind nur verschwommen in meinem Gedächtnis geblieben. Ich glaube, ich habe nicht ausschließlich berechnend gehandelt, obwohl mein Plan dies vorsah. Wir fanden uns gegenseitig, und als ich ihr am selben Abend die Wahrheit erzählte und sie mich entsetzt anblickte, weil ihr bewußt wurde, welche Rolle ihr zufallen werde, wußte ich, daß ich ihr vertrauen konnte. Erst einmal weinte sie und flehte mich an zu verschwinden. Ich erklärte ihr, ich wisse nicht wohin. Ich sprach mit ihr über den Krieg. Sie hatte ihr ganzes Leben lang nur die Annehmlichkeiten des Daseins gekannt, das Weltgeschehen war für sie ein entfernter Vorgang. Ich fragte sie, was ihr Mann sagen würde, wenn sie ihm von unserem Gespräch erzählte. Er wird dich sofort der Gestapo übergeben, war ihre spontane Antwort. »Tanja«, versuchte ich sie zu überzeugen, »es gibt Werte in der Welt, die der Politik entgehen. Bulgarien ist heute mit Deutschland verbündet, wer weiß, was morgen sein wird. Vielleicht ist auch für deinen Mann das heutige Schweigen die morgige Sicherheit. Wenn du mir, wie du sagst, zugetan bist, mußt du ihn überzeugen. Glaube mir, der Krieg ist keineswegs gewonnen. Die Zukunft wird mir recht geben – abwarten ist die Parole.« Sie warf sich in meine Arme.

»Ich kann doch nicht zur Verräterin werden«, schluchzte sie.

»Du sollst niemanden verraten und vor allem mich nicht«, beruhigte ich sie.

»Doch was tust du in Paris?«, wollte sie wissen. Wahrheitsgetreu antwortete ich.

»Vorläufig nichts. Ich war in London, aber ich wollte heim. So versprach ich vieles, aber das will nichts heißen – vertraue mir.«

»Wenn Nicolas, mein Mann, herausfindet, daß ich deine Geliebte bin, erschlägt er dich.«

»Du sagtest mir«, erwiderte ich, »ihr lebtet nebeneinander und nicht miteinander. Der heutige Nachmittag kann ja unser Geheimnis bleiben.«

»Nicolas ist doch nicht blind, und meine Gefühle zu

dir kann ich nicht verheimlichen, wenn ich ihn für uns gewinnen will. Aber ich werde es versuchen. Sie hielt Wort, und so entstand ein Modus vivendi, der einer auf den Kopf gestellten Welt entsprach.

Die Begegnung mit Tanja und die Beziehungen, die so entstanden, änderten mein Verhalten. Ich kam mir wie ein Janus mit zwei Gesichtern vor. Auf der einen Seite nahm ich am Pariser Leben, also am erkünstelten Wirbel der Vergnügungen, teil, die in der Gewißheit des deutschen Sieges einer gewissen Schicht der Bevölkerung die Illusion gab, sie würde im neuen Europa eine leitende Rolle spielen. Auf der anderen Seite tauchte ich unter, um Untergrundverbindungen anzuknüpfen, die vielen Menschen, teils weil sie in Gefahr waren, teils weil sie weiter kämpfen wollten, die Möglichkeit bieten sollten, der Falle - der Festung Europa - zu entschlüpfen.

Manches geschah in dieser Zeit. Ich scheute keine Mühe, und als Monate darauf die sogenannte Linie funktionierte, also die zur »Exfiltrierung« notwendigen Stationen gefunden waren, um abgeschossene Flieger oder in Gefahr befindliche Menschen aufzunehmen und sie über verschiedene Etappen bis zur spanischen Grenze zu geleiten, war es diesen Anstrengungen zuzuschreiben.

Vielleicht sollte ich erwähnen, daß bezeichnenderweise fast alle meine Freunde mir jedwede Hilfe versagten, weil sie überzeugt waren, selbst bei vorsichtigster Anspielung, mein Vorhaben sei verrückt.

Im *Champclos,* dem Lokal, das ich oft mit Tanja und Nicolas besuchte, trafen sich Industrielle, Offiziere der

Besatzungsarmee, Schwarzmarkthändler und auch äußerst zwielichtige Personen. Eine anscheinend sorglose Gesellschaft versuchte, auf ihre Art den Krieg zu vergessen. Englische Zigaretten und Whisky, Kriegsbeute, die nach unbekannten Schleichwegen in Paris auftauchte, konnte zu hohen Preisen erstanden oder getauscht werden. Trotz der herrschenden Lebensmittelknappheit, ja sogar der Hungersnot, konnte man im *Champclos* sozusagen das feinste Mahl einnehmen. Die Behörden schlossen die Augen, denn allzu viele von der Front zurückgekehrte Offiziere, für die Paris ein Refugium war, verkehrten dort.

Ich will in keiner Weise eine Geschichte der Widerstandsbewegung niederschreiben, und so soll nur kurz skizziert werden, was meinen inneren Weg unmittelbar betrifft. Für mich war das *Champclos* ein ausgezeichneter Beobachtungsposten. Meine Fühler hatte ich in drei Welten – in London, im Untergrund und in der neuen Ordnung. So konnte ich mir besser als die meisten ein Bild von dem machen, das sich vorbereitete. Aus dieser übergeordneten Sicht ließen sich auch die schwerwiegenden Folgen ermessen, die jeder Krieg nach sich zieht. Auf der einen Seite gab es die roten Plakate, die der Bevölkerung Angst machen sollten und stets mit den Worten anfingen: »Wurden im Morgengrauen erschossen . . .!« Auf der anderen Seite gab es die Kriegsgewinner, oder solche, die es werden wollten, und zwischen beiden die Bevölkerung im Versuch, so gut es ging, die Restriktionen und Schwierigkeiten zu ertragen. Langsam aber sicher entfaltete sich »Haß«, und bei der Besatzungsarmee nahm das Gespenst eines verlorenen Krieges Form an, was zu bedauerlichen Unterdrükkungsmaßnahmen führte, die den Haß nur noch nährten.

Mit London war jetzt die Verbindung per Radio hergestellt, und die Überquerung der Grenze zwischen beiden Zonen war hervorragend organisiert. Tanja kannte nur die eine Seite meines Janusgesichts und vermied, sich über die andere zu erkundigen. Sie wollte mich überzeugen, daß die Vision, die ich über den Ablauf des Krieges hatte, falsch war.

»Schau«, sagte sie eines Tages, auf die behandschuhten Soldaten zeigend, die auf den Champs-Elysees defilierten, »schau, kann man so eine Armee schlagen?«

Der Fall Nicolas war höchst komplex. Nicolas wußte genau, welche Beziehungen sich zwischen Tanja und mir angeknüpft hatten, aber er sah seine Frau als willkommene Mittlerin zwischen den Alliierten, an deren Endsieg er glaubte, und sich selbst, und so ließ er es geschehen. Sein Schweigen – Tanja hatte ihm die Wahrheit erzählt – erklärt sich aus dieser Voraussicht. Sie hatte den einschmeichelnden Charakter einer Katze und wußte mit allen Männern recht gut umzugehen, so auch mit dem eigenen. Sie wollte das Leben genießen, und zwar mit mir genießen, und so war ich des öfteren zu verschiedenen gesellschaftlichen Veranstaltungen eingeladen. Die auserlesensten Speisen mit den besten Weinen wurden bei solchen Gelegenheiten den Gästen vorgesetzt. Bei einem dieser Anlässe hatten wir gerade das Bulletin der Wehrmacht angehört und vernommen, daß der deutsche Vormarsch den Berg Ebros erreicht hatte. Einer der Anwesenden erhob sein Glas, um auf den Sieg des Dritten Reiches zu trinken. Alle folgten seinem Beispiel. Ich stand still in einer Ecke und schaute zu.

»Sie trinken nicht, Herr Lionel?« Ein aus Transsilvanien stammender ehemaliger Schauspieler und jetzt »großes Tier« im Nachtleben von Paris, schaute mich ironisch und mißbilligend an. Er hatte schon lange meinen Mangel an Begeisterung erkannt. Eine große Stille entstand, denn er hatte laut gesprochen. Alle Blicke waren auf mich gerichtet. Hinter dem Buffet hing eine große Fotografie an der Wand, die eine sehr hübsche junge Frau in einem Rhönrad darstellte. Das Rhönrad durch seine Körperbewegung zum Drehen zu bringen und sich, an die Sprossen des Rades haltend, vorwärtszubewegen, war damals ein beliebter Sport. Um dem Besucher seine Anwendung begreiflich zu machen, standen als Aufschrift über der Abbildung des Rhönrades die Worte: »Das Rad dreht sich!« Diese Buchstaben tanzten vor meinen Augen. Meinem Blick folgend, wandten sich alle Anwesenden der Aufschrift zu, und ein banges Schweigen folgte. Ein General der Wehrmacht rettete die Situation. Er sprach einige banale Worte, und das Stimmengewirr begann von neuem. Ich glaubte, in seinen Augen einen Schimmer der Sympathie und des Verständnisses erkannt zu haben.

Wenn ich solche Szenen beschreibe, dann nur, um den heutigen Lesern Gelegenheit zu geben, die damaligen Gegensätze in der Hauptstadt zu erkennen. Man hat nicht immer die Möglichkeit, von außen her oder viel später zu verstehen, daß Tausende von kaleidoskopischen Facetten, im Krieg wie im Frieden, die jeweilige Wirklichkeit zum Ausdruck bringen. Die politischen und sozialen Ereignisse der Nachkriegszeit spiegelten diese Gegensätze wider.

Zudem möchte ich kurz beschreiben, wie damals die

Grenzlinie zu passieren war, denn auch diese Spitzfindigkeiten sind Ausdruck der Mentalität einer Epoche. Sicherlich gibt es sie auch heute und auch in anderen Ländern, auf ganz andere Weise, denn heute wie damals gibt es besetzte Gebiete, und nichts ist ganz weiß oder ganz schwarz. Wir lernen nur schwer aus vergangenen Erfahrungen, aber immer wieder sollten wir uns erinnern, daß unsere Evolution das Ergebnis gemachter Erfahrungen ist, und daß wir diese Erfahrungen verwerten sollten. Der Grenzübergang, den wir ausgeklügelt hatten, glich in seiner Einfachheit dem Ei des Kolumbus. Ein Beispiel mag dies veranschaulichen; eines Tages schmuggelte ich nämlich vier Belgier auf einmal über die Grenze. Ein Lastkraftwagen, der einer für die Lebensmittelversorgung zuständigen Behörde gehörte, hatte die vier Belgier und mich unbehelligt in Dijon abgesetzt. Wir waren zweimal kontrolliert worden. Ich übernahm es immer, auf deutsch die notwendige Erklärung abzugeben, während ich die ausgezeichnet gefälschten Dokumente vorzeigte. In Dijon setzten wir uns in den klapprigen Omnibus nach Chalon-sur-Saône, einer Grenzstation am Fluß. Diesseits die besetzte, jenseits die sogenannte freie Zone. Ein Zug führte hinüber, denn in der freien Zone gab es ein Elektrizitätswerk, das die Stadt versorgte und die Arbeiter in diesem Werk morgens hin- und abends zurückbrachte. Sie hatten selbstverständlich die notwendigen Ausweise, um auszureisen wie um einzureisen.

Gegen elf Uhr nachts traf der Zug aus der freien Zone im Bahnhof Chalon ein. Die vier Belgier und ich hatten uns tagsüber mit der Hilfe eines Eisenbahnarbeiters in einer Hütte, in der Werkzeuge untergebracht wurden und die sich zwischen den Geleisen befand, versteckt. Um elf Uhr nachts war alles rabenschwarz. Der Zug fuhr ein, und wir schlichen aus unserer Hütte heraus. Vor uns die Silhouetten weniger Soldaten im spärlichen Licht, die, mit dem Rücken zu uns, aufpaßten, daß keiner der Zurückkommenden versuchte, über die Schienen zu verschwinden, um so der Kontrolle zu entgehen, an der sonst jeder vorbei mußte. Es war daher gar nicht schwer, von außen her zu den Reisenden zu stoßen, da keiner der Soldaten im entferntesten an diese Möglichkeit dachte. Der Zug war nicht lang, der Bahnsteig jedoch viel länger, und in der Nacht sind alle Katzen grau. So folgten wir den Zurückkehrenden, die nacheinander, von den Kontrolloffizieren kontrolliert, passieren durften. Als ich mich ihnen näherte, setzte ich eine traurige Miene auf.

»Wir«, so sagte ich auf deutsch und zeigte auf meine Begleiter, »sind fünf Studenten. Wir haben gelesen, daß die deutschen Behörden Studenten einen vierundzwanzigstündigen Aufenthalt gewähren, um Verwandte zu besuchen. Also sind wir gekommen, denn dies ist bei uns der Fall.

»Quatsch mit Soße!«, antwortete der Kontrolloffizier. »Wieder so ein französischer Scheißdreck. Nix Ausweis – retour!«

»He, Wagner!« rief er zu einem uniformierten Unteroffizier herüber, »bring diese Schurken in den Wartesaal. Sperr' sie ein und paß auf, daß sie sofort nach Eintreffen den Pariser Zug besteigen und wieder dorthin zurückgeschickt werden, woher sie kamen. Nix Ausweis, retour!« bekräftigte er seine Worte.

Wir wurden, innerlich jubelnd, in den Wartesaal geführt. Unser Gepäck wurde nicht im mindesten untersucht, denn wir kamen ja von drüben, so meinte man. Und so entgingen wir den bestehenden Bestimmungen, und Bestimmungen sind dazu da, um genauestens befolgt zu werden. Und das allerdings wurden sie. Nach einer sehr gewissenhaften Kontrolle aller Reisenden des Pariser Zuges wurden wir unkontrolliert in diesen Zug gebracht und in die freie Zone abgeschoben.

»Keine Schliche«, meinte Wagner zu mir sprechend, »wir kennen das. Herein kommt nur einer mit einem Ausweis, kein anderer.« Und so funktionierte dieser Trick drei Jahre lang, denn die Kontrolle an der seinerzeitigen Trennungslinie dauerte selbst nach der Besetzung der Südzone an. Wir mußten nur darauf achten, daß die zur Kontrolle vorgesehenen Unteroffiziere nicht die gleichen waren wie bei einem vorigen Besuch. Wir wußten es, weil unser Freund, der bei der Eisenbahn angestellt war, es uns wissen ließ.

XII

. . . sonst werde ich Sie wie eine Fliege zerdrücken

Es ist schwer, noch nach Jahren eine einstige Gemütsverfassung wiederzugeben, die Entscheidungen und ihre Folgen nachhaltig beeinflußte. Aus Erfahrung wußte ich nun, daß es möglich ist, unter bestimmten Umständen seine Angst nicht nur willentlich zu überwinden, sondern ihr völlig zu entgehen – ich hatte es erprobt. – Es kommt immer ein Augenblick, in dem das Übermaß und die Übermacht der Ereignisse nicht mehr bewältigt werden können. In diesem Augenblick hilft nur noch ein Loslassen. Kein Loslassen allerdings unter Zwang – es würde nur in eine leblose Passivität führen –, ein Loslassen vielmehr im Sinne einer neuen, unverwechselbaren Einbindung in sein Schicksal. Ohne unsere Bereitschaft, ohne unsere Billigung, ohne unsere Disposition zu ihr, kann Angst nichts ausrichten. Denn sie liegt nicht in den Dingen, sie liegt in uns. In diesem Augenblick ist einfach keine Angst mehr da, ihr fehlt der nötige Raum. »Du mußt«, hatte Garcia gesagt, »das Unannehmbare annehmen.« Es ist eine Annahme, die weder logisch zu fordern, noch logisch zu ermitteln ist, sie entspringt einer zutiefst von innen her aufsteigenden Wahrheit.

In Paris und überhaupt in Frankreich herrschte nach wie vor eine Stimmung, die sich ganz unterschiedlich kundtat. Haß, Angst, Verrat, Hoffnung, schamlose Geldgier,

Schmuggel, Folterung, Heroismus waren nur einige Facetten täglichen Geschehens.

Meine Beziehung zu Tanja war nicht gerade unproblematisch, zu vieles mußte ich ihr verschweigen. In beruflicher Hinsicht tat ich so, als ginge meine kleine Fabrik gut. Alles andere war der Fall. Unvermeidliche Kreditaufnahmen brachten mich in die finanzielle Abhängigkeit von Banken, die zwar bereit waren, auf die Rückzahlung bis Kriegsende zu warten, doch selbstverständlich nicht ohne die notwendigen Absicherungen.

Ich hatte London, also Dereck, verständigt, daß ich mit den Borsareffs verkehre, und man riet mir sofort eindringlich, diesen »gefährlichen Verkehr« aufzugeben. Abgesehen von den radiotelegraphischen Verbindungen, wurden uns gewisse Instruktionen von der BBC, der britischen Rundfunkgesellschaft, übermittelt. Es waren kodierte Sätze, die ungefähr so lauteten: Das Einhorn hat nur ein halbes Horn! Wir mußten sie dann entschlüsseln, und dies war nicht immer einfach. Langsam aber sicher änderte sich gegen Ende des Jahres 1943 die Auffassung der Bevölkerung gegenüber der deutschen Besatzung. Bis dahin hatte man an den Sieg des Dritten Reiches geglaubt, jetzt fing man an zu zweifeln. Äußerlich war diese Änderung kaum zu bemerken, aber irgendwie wurde in der Atmosphäre der Stadt ein anderer Rhythmus spürbar. Ich dachte, der Moment sei gekommen, nach London zu reisen, um manches zu besprechen.

Spricht man heute von einer Reise, spricht man von etwas Alltäglichem, Unkompliziertem. Aber damals? Kann der Leser es sich vorstellen, was es heißt, mitten im Krieg die Festung Europa zu verlassen, um auf der anderen Seite bei Gegnern zu landen und dies noch mit der festen Absicht, schnellstens wieder zurückzukehren?

Als ich so dic Champs--Elysees hinunterschlenderte, erfaßte mich ein überwältigendes Gefühl. Ich war wie berauscht, erhaben über alle kleinlichen Dinge des Alltags, und solche Gefühle sind es, die auch Pedro damals in Spanien veranlaßten, mir hilfreich seine Hand zu bieten.

Ich war mit einem französischen Offizier verabredet, der allerdings vorläufig noch der Reserve angehörte. Er nahm in der Widerstandsbewegung eine leitende Stellung ein und hatte vor, de Gaulle in London bestimmte Vorschläge zu machen. De Gaulle stand damals, wie sicher bekannt ist, einer provisorischen Regierung in London vor und behauptete trotz des Widerstands politischer Gegner, er sei der einzig zuständige und künftige Chef des befreiten Frankreichs.

Ganz allgemein zog ich es vor, möglichst wenige persönliche Kontakte herzustellen. Denn ich wußte, daß allzu viele Spitzel sich als Widerstandskämpfer ausgaben. In diesem Fall machte ich eine Ausnahme. So traf ich mich mit eben jenem Offizier in einem der großen Cafés auf den Champs-Elysees, wo es trotz des allgemein zurückgegangenen Warenangebots noch immer Luxusgeschäfte gab. Paris wollte Paris bleiben, allen Ereignissen zum Trotz. Und da diese Stadt dem Amusement und der Erholung der Soldaten dienen sollte, ließen es die Behörden geschehen, daß ganz unverblümt Schwarzhandel getrieben wurde. Auch die Theater waren besucht, oft ausverkauft, ebenso die Kinos, obwohl während der Wochenschau das Licht im Saal zu brennen hatte. Man wollte auf jeden Fall »feindliche« Demonstrationen vermeiden, die natürlich bei ausschließlich siegreichen Kriegsbildern ständig zu gewärtigen waren.

Alric, so nannte sich der Offizier, wollte zur ersten Stelle in der Widerstandsbewegung aufsteigen. Er sprach lange mit mir über seine Pläne und bat mich, sie de Gaulle mitzuteilen. Ich hatte, wie gesagt, diesem Rendezvous nur ausnahmsweise zugestimmt, versprach jedoch, alles auszurichten und ihm die Antwort von de Gaulle zu bringen. Alric beschloß, meine Rückkehr in Marseille abzuwarten und bat mich, ihn nach meiner Ankunft sofort zu verständigen. Ich gab ihm eine postlagernde Adresse in Cannes, um im gegebenen Augenblick genau zu wissen, wo er zu erreichen war. Da er mich ersuchte, einen seiner in Gefahr befindlichen Kameraden mitzunehmen, erzählte ich ihm, daß ich mich nahe bei Cannes einschiffen würde.

Mit London war alles abgemacht. Ein Unterseeboot sollte mich am Cap de l'Aiguillon, einer kleinen Landzunge unweit von Cannes, abholen. Ich hatte Erholung nötig, und so teilte ich Tanja mit, daß der Arzt mir zu einer Luftveränderung geraten habe. Ich würde, behauptete ich, einige Wochen in meinem Elternhaus auf der französischen Seite des Genfer Sees verbringen. Aber daß ich die Absicht hatte, es bald nach meiner Ankunft wieder zu verlassen, verschwieg ich. Das Haus lag zwar in der unbesetzten Zone, doch war sie keineswegs so unbesetzt, wie man annehmen könnte, denn gleich neben unserem Besitz hatte sich die Gestapo einquartiert.

Mein Elternhaus liegt inmitten eines Parks mit alten Bäumen und ist ein Ort der Geruhsamkeit. Die weißen Raddampfer der Friedenszeit waren verschwunden, aber jenseits des Sees lag das Friedensparadies Schweiz. Ein Paradies, in dem der Krieg nur durch Zeitungen bekannt war. Sehnsüchtig blickte ich hinüber und hätte mich ins Wasser werfen wollen, um dorthin zu schwimmen, um all das Leiden, all die Wirrnis, all die Kämpfe zu vergessen, die diesseits die Welt in Atem hielten.

So saß ich eines Nachmittags auf einem Steinpfeiler, die gelben Blätter der Platanen wirbelten, von einem Windstoß bewegt, zu meinen Füßen, und versunken in meine Gedanken, hatte ich die Schritte nicht gehört, die sich mir näherten. Hinter mir stand Tanja. Als ich mich umdrehte, sah ich in ihre flehenden Augen.

»Henri!« Unwillkürlich nannte sie mich bei dem Namen, mit dem sie mich kennengelernt hatte.

»Henri, ich habe meinen Mann verlassen, ich will mit dir leben. – Er ist einverstanden«, fügte sie hinzu. »Er hat mir sogar ein Auto mit Chauffeur zur Verfügung gestellt – von Vichy aus, wo er sich heute aufhält; das Auto mit dem Chauffeur steht bei dem Haus. Wir wollen es zurückschicken und zusammen glücklich sein!«

Was tun? Erstmals sie beruhigen, sodann die Situation klar erkennen, ja und dann . . .? Tanja wirklich ins Vertrauen ziehen, konnte ich auf gar keinen Fall. Denn alles hat seine Grenzen, so auch ihr Wille, mir zu helfen.

»Möchtest Du mich lebend oder tot?« fragte ich. »Du mußt ja Nicolas kennen. Er hat es dir vielleicht in einer ersten großzügigen Reaktion noch erleichtert herzukommen, aber nach einiger Überlegung wird er seine Meinung ändern. Er hat mein Schicksal in der Hand. Ein Wort von ihm, und ich werde sofort erschossen. Wäre es nicht richtiger, du würdest zu ihm zurückfahren, denn ich weiß, daß er dich vielleicht nicht liebt, aber an dir hängt. Später irgendwann einmal nach dem Krieg können wir Pläne schmieden.«

Als ob der Postbote meine Befürchtungen bestätigen wollte, erschien er mit einem Telegramm. Ich öffnete es. »Lassen Sie ab von meiner Frau, sonst werde ich Sie wie eine Fliege zerdrücken!« Ich reichte Tanja wortlos das Telegramm, und die Tränen rannen über ihre Wangen. In dieser Nacht schliefen wir nicht.

»Reisen wir doch zusammen nach Paris«, schlug ich in den frühen Morgenstunden vor, »im Auto deines Mannes; ich denke, daß der Diplomatenpaß des Chauffeurs genügt, um mich unbehelligt über die Grenze zu bringen. In Paris wollen wir zusammen mit Nicolas sprechen. Mehr denn je weiß er, daß in der gegenwärtigen Kriegslage die Versicherung, euch nach Beilegung der Feindseligkeiten zu helfen, eine sehr wertvolle Versicherung ist.«

Wir trafen uns – Nicolas, Tanja und ich – wie vorgesehen in einem kleinen Lokal an der Place Péreire. Es gab keine dramatische Auseinandersetzung, im Gegenteil, wir waren still und uns dessen bewußt, daß es sich um eine gegenseitige Verpflichtung handelte, die ich meinerseits hielt. Dank meiner Aussage konnten später nach dem Ende des Krieges sowohl Nicolas wie auch Tanja unbehelligt in Frankreich bleiben. Sie entgingen einer sicheren Verurteilung, der sonst alle mit Deutschland verbundenen Diplomaten und Politiker ausgesetzt waren.

XIII
Hallo Jim, hallo Jack, hallo Willy

Eine Landzunge – das *Cap de l'Aiguillon.* Es war finsterste Nacht. Ein feiner, aber dichter Regen fiel. Vier frierende Gestalten, eine davon ich selbst, saßen durchnäßt am Strand auf Steinen und warteten auf ein Lichtsignal, das ihnen das Nahen des Unterseebootes anzeigen sollte. Endlich die vorgesehenen Lichtmorsezeichen. Lautlos nähert sich ein kleines Schlauchboot, Hände strecken sich uns entgegen, wir besteigen das Boot, und wortlos rudern zwei Matrosen zurück zum Miniunterseeboot.

Wir stiegen an Bord, aber anstatt gleich in See zu stechen, blieben wir bewegungslos liegen. Wie der Kapitän in schlechtem Französisch erklärte – er war Pole –, war ein mechanischer Defekt der Grund, und er mußte erst einmal repariert werden. Bange Minuten verstrichen. Jeden Augenblick konnten wir entdeckt werden, entweder vom Land her oder vom Wasser aus. Zeitweise versuchte der Mechaniker im Bauche des Unterseebootes, die Motoren anzuwerfen. Dies machte einen Höllenlärm – für nichts und wieder nichts. Erst gegen Morgengrauen gelang es uns, die kleine Bucht, in der wir uns befanden, zu verlassen. Gerade zur rechten Zeit, denn als wir endlich tauchten, dampfte uns eine deutsche Marinebarkasse entgegen. Wir entkamen ihr, aber die deutsche Abwehr wurde verständigt. Entsprechend scharf überwachte sie diesen Ort, was später schwerwiegende Folgen hätte haben können.

Drei Tage darauf erreichten wir Gibraltar. Es war eine wahre Erlösung, denn nichts ist schwerer zu ertragen als Enge und Platzangst in einem solchen stählernen Sarg unter Wasser. Die drei »Postpakete«, die ich mitgenommen hatte, waren ebensowenig wie ich auf eine derartige Platzangst gefaßt. Doch schließlich ging auch sie vorüber, und in den Hafen eingelassen, schritten wir kurz darauf auf der Hauptstraße von Gibraltar dem Unterkunftsplatz zu, der uns angewiesen worden war.

Ein junger Offizier holte mich ab, um mir, wie er sagte, die Amüsements der Festung zu zeigen – einer Festung ohne Frauen, einer Festung, die für den Besucher zu einer Hauptstraße zusammenschrumpfte, in der Soldaten, Offiziere, Matrosen der alliierten Nationen auf und ab spazierten, um von einem Lokal in das andere zu wechseln. Denn Trinken war die einzig mögliche Beschäftigung der hier stationierten oder vorübergehend angekommenen Truppen.

»Hallo Jim, hallo Jack, hallo Willy« – immer wieder prostete man sich zu, und über kurz oder lang gab es nur noch Betrunkene. Die Militärpolizei paßte auf, daß Randalierer möglichst schnell abgeführt wurden, darunter natürlich auch Schnapsleichen. Alle diese jungen Männer tranken, um zu vergessen, um nicht daran denken zu müssen, vielleicht schon morgen, irgendwo, irgendwann in diesem todbringenden Krieg erschossen oder verwundet zu werden.

Zwei Tage später erreichte ich in einer »fliegenden Festung« London. Die Atmosphäre der englischen Hauptstadt war in keiner Weise mit der von Paris zu vergleichen. Hier war alles ganz anders. Die Stimmung, ein Straßenbild mit verbrannten oder zerstörten Gebäuden im Hintergrund, die Hoffnung eines baldigen Sieges, kurz - alles! Genau diese Haltung im Bewußtsein des Sieges entsprach dem Gegenteil all dessen, das ich vor wenigen Tagen noch im besetzten Europa angetroffen und empfunden hatte.

»Geht möglichst wenig aus«, legte man mir nahe, »sprecht nur das Nötigste, Spione gibt es auch hier.«

Sofort nach meiner Ankunft hatte ich mich, wie vorgesehen, bei der zuständigen Polizeistelle gemeldet. Dies gehörte zum »Protokoll« neu angekommener Flüchtlinge. Die notwendigen Papiere hatte mir das *Service* gegeben. Nun hatte ich mich in eben jenem Polizeirevier bereits vor zwei Jahren gemeldet und zwar unter meinem richtigen Namen. Diesmal trug ich aus Sicherheitsgründen einen anderen. Das Unglaubliche geschah. Der Polizeiinspektor entsann sich meines Gesichtes. Ich hatte ihn übrigens auch erkannt. Er verschwand für eine Weile und kehrte mit zwei Kollegen, richtigen Kerlen, zurück. In der Hand hielt er meine damals ausgestellten Papiere und dachte, ich sei einer dieser Spione, von denen man immer wieder sprach. Natürlich klärte sich dieses Mißverständnis sehr schnell auf, da ich mit einem sehr ruhigen Lächeln eine Telefonnummer nannte, mit der Bitte anzurufen. So wurden mir wortlos kurz darauf die Lebensmittelkarten und sonstigen Papiere unter meinem völlig neuen Namen übergeben. Ich sollte diesen nur in der Zeit meines Aufenthalts in London tragen.

Ich nahm den ersten Zug, um meine Kinder zu besuchen. Beide hatten sich in der englischen Familie eingewöhnt, beide sprachen perfekt englisch. Während der ersten Zeit war es für sie schwierig gewesen, aber nun schienen sie sich in ihr Schicksal gefunden zu haben. Ich hatte ihnen von Gibraltar eine Menge Süßigkeiten mitgebracht, die es in England nicht gab. Wir verbrachten einen fröhlichen Abend in Gesellschaft von Nancy, und ich erzählte, was ich in »Südafrika« erlebt hatte . . . Nancys Mann, Oliver, diente in Übersee.

Im Laufe meines Aufenthalts traf ich General de Gaulle, doch die Art und Weise, in der ich bestimmte Propagandasendungen der BBC kritisierte, schien ihm gar nicht zu gefallen. Außerdem wollten mich seine unmittelbaren Mitarbeiter überreden, die englische Armee zu verlassen, damit ich zu den Gaullisten käme. Doch ich lehnte ab; erstens, weil ich ein Engagement für den gesamten Krieg eingegangen war und vor allem, weil ich die in Frankreich von mir aufgebaute Organisation nicht im Stich lassen wollte. Auch war mir bewußt, daß die politischen Gegensätze im Rahmen der französischen Gemeinschaft in England sehr groß waren; die kommenden Monate machten dies offensichtlich. Alrics Pläne wurden als nicht aktuell abgewiesen.

Ich lebte in einem vom *Service* gemieteten Zimmer in einer Vorstadt Londons bei einer Französin namens Michèle, deren Mann, ein Engländer, in Übersee diente. In demselben Haus traf ich Josiane, eine junge Französin, die vor kurzem ihren Mann, der Pilot war, verloren hatte, und Nadja, eine Polin, die hoffte, möglichst bald zu der polnischen Widerstandsbewegung, in deren Auftrag sie in London war, zurückzukehren. Sie sollte für ihre Kameraden weitere Waffen organisieren, denn Fallschirmabwürfe jeglicher Art waren spärlicher geworden, da politische Einflüsse im Spiele waren. Diese Polin stammte aus Lodz; sie hatte ein ovales, regelmäßig geschnittenes Gesicht, eine sehr weiße Haut und einen ins Weite schweifenden Blick, der, sobald sie aus ihren Erinnerungen erzählte, messerscharf wurde. Alles Blut schien dann aus ihren Wangen zu weichen. Ihre Lippen zitterten, so nah war ihr das Vergangene. Sie hatte die Begegnung der deutschen und der russischen Armee erlebt, die zu Beginn des Krieges ihr Land überrannten; denn damals waren Rußland und Deutschland verbündet. Nadja rauchte ohne Unterlaß und erzählte Schauergeschichten, die sowohl die einen wie auch die anderen betrafen. Sie haßte alles, was deutsch war, aber genauso erbittert alles, was russisch war. Sie erzählte, wie sie von Soldaten vergewaltigt wurde; sie erzählte, wie sie ihren Haß schürte; sie erzählte, wie sie einen ihrer feindlichen Liebhaber eines Nachts erstach – immer wieder erzählte sie. Sie wollte überzeugen, sie warb um das Bewußtsein, das sie selbst schon besaß: aus strategischen Gründen würde man ihr Vaterland von neuem verkaufen.

Josiane hatte ein Kind. Eines Tages gestand sie, sie sei gar nicht erstaunt, daß ihr Mann abgeschossen wurde. »Alles, was ich berühre, töte ich«, meinte sie nachdenklich. – »Wie eine Gorgo, ich töte oder versteinere die, die mich lieben!« Dabei dehnte und reckte sie sich, als sei ihr Vergleich Wirklichkeit, auf dem Fell vor dem Kamin.

Unsere Zimmerwirtin stellte uns eines Abends Leslie Howard vor. Er befand sich damals auf dem Höhepunkt seiner Karriere als Schauspieler, und alle Kinobesucher kannten seine feinen Züge und seine seidig blonden Haare. Er hatte vor kurzem seine Gefährtin verloren, eine Frau, die er sehr geliebt hatte, und so schlug Michèle vor, die Geister zu befragen, ob Marguerite dort drüben glücklich sei.

Ich möchte die spiritistischen Séancen der folgenden Abende nicht näher beschreiben. Ich erwähne sie nur aus zwei Gründen. Einerseits verlobte sich, vielleicht dank ihnen, Leslie Howard mit Josiane, wurde aber kurz darauf in einem Flugzeug abgeschossen, das ihn via Portugal nach Amerika bringen sollte.

Soweit ich nach dem Krieg feststellen konnte, hatte ein in England ansässiger Spion die deutschen Behörden wissen lassen, Churchill säße in diesem Flugzeug, und deshalb war eine Sonderfliegerstaffel beordert, um diese Maschine abzufangen und zu vernichten. Die Worte von Josiane – »ich töte alle, die mich lieben« – hallten in meinen Ohren. Abermals schienen sie sich zu bewahrheiten. Der zweite Grund, diese spiritistischen Sitzungen dennoch zu erwähnen, liegt in der besonderen Verfassung Michèles, die behauptete, mit übernatürlichen Kräften in Verbindung zu stehen. In der Nacht, die meinem Rückflug nach Gibraltar voranging, kam sie mit fliegenden Haaren im Nachthemd und in Trance in mein Zimmer gestürzt, um mich mit erhobenen Armen anzuflehen, ja nicht London zu verlassen, da ich sonst in meinen Tod ginge.

»Ich sehe Blut, Blut, Blut!« schrie sie, was mich natürlich nicht unberührt ließ, um so weniger, als ich ohnehin kürzlich stark von Vorahnungen geplagt wurde, die mich sehr stutzig machten. Nur hatte ich gar keine Wahl. Was festgesetzt war, war festgesetzt. Und Vorahnungen hat es immer gegeben; Krieger aller Zeiten haben sie gehabt und trotzdem den Gehorsam nicht verweigert.

In dieser Nacht hatte ich mich auf meinem Bett hin und her gewälzt; die übergroße Sorge Michèles und ihre düsteren Ahnungen ließen mir das Ende nahe erscheinen.

XIV
Höhe Null

Gegen Mitternacht nahmen wir unsere Klappsitze im Bauch eines Sunderland-Marineflugzeugs ein. Ein Offizier und ein Maschall der Royal Airforce stießen zu uns, und so flogen wir ab. Ich versuchte, an nichts zu denken und vielmehr meine Marseiller Erfahrung zu wiederholen, um der Angst zu entgehen. Doch es half nichts, meine Vorahnung wurde zur fixen Idee. Ich flog meinem Tod entgegen, und statt mich von der Angst zu befreien, schnürte sie mir die Kehle zu.

Ich war derart in meine Gedanken vertieft, daß ich das Zittern und Beben des Flugzeugs gar nicht spürte. Neben mir saß ein junger Bretone, der mein Radiooperateur werden sollte. Man nannte sie die »Pianisten«. Es war sein erstes großes Abenteuer, und so traute er sich nicht, mich aus meinen Träumereien zu wecken. Plötzlich schlug der Lautsprecher an:

»Prepare for crash landing!« – Achtung Notlandung! Vivien, so der Name des Bretonen, verstand kein Englisch und fragte besorgt:

»Was heißt das?«

»Das heißt«, sagte ich plötzlich fröhlich auflachend, »daß wir ins Wasser fallen.«

Dieser letzte Tropfen brachte den Kelch meiner Angst zum Überfließen. Ich war sie plötzlich völlig los, ja geradezu befreit von allen meinen dunklen Vorahnungen, die sich auf die Ankunft in Frankreich konzentriert hatten und nicht auf das Meer. Unsere zwei Reisegefährten hatten bereits die Schwimmwesten, die sogenannten Mae Wests, angeschnallt und verließen ihre Sitze, um zum Piloten ins Cockpit hochzusteigen. Ich blieb ruhig sitzen, völlig teilnahmslos. Die Nervenanspannung der letzten Tage schlug um, und so unglaublich dies anmutet, ich schlummerte ein, vielleicht nur einen Augenblick, aber immerhin.

»Seid ihr wahnsinnig?« Ein junger Pilot, der nachsehen kam, schüttelte mich.

»Hopp, in die Mae West und hinauf ins Cockpit!«

Neben mir klapperte Vivien totenblaß mit den Zähnen. Wir ließen es uns diesmal nicht nochmals sagen und taten, wie befohlen.

Ein grünliches Licht beleuchtete den Cockpit. Zwei Motoren waren stehengeblieben, das Flugzeug schaukelte wild, die zwei anderen Motoren waren glühend weiß. Der Bordfunker klopfte wie besessen auf die Tasten des Funkgerätes ti ti ti – ta ta ta – ti ti ti, das internationale SOS-Zeichen.

»Lieber gefangen als tot!« erklärte der Pilot. »Unter uns das Meer, links von uns die spanisch-portugiesische Küste. Wir sind zirka vierzig Meilen vom Land entfernt auf dem Ozean; vielleicht genügend weit, um der deutschen Luftwaffe zu entgehen, die in Spanien stationiert ist.«

»Höhe Null!« meldete der zweite Pilot.

»Stellt die Motoren ab!« befahl der erste. Plötzlich herrschte Totenstille. Wir fielen.

»Eins, zwei, drei, vier«, zählten wir gemeinsam, und bei elf schlug die Maschine auf das Wasser, schnellte noch einmal in die Höhe und sank sofort wieder ab. Ein Flügel wurde weggerissen, im Bauch des Flugzeuges klaffte ein großes Loch. Eine Seite des Cockpits war fort – aber wir schwammen. Nicht lange, aber lange genug, um ein vorbereitetes, automatisch aufblasbares Schlauchboot flottzumachen, trotz hohen Seegangs.

»Springt!« kommandierte der Pilot. Ich nahm Vivien bei der Hand, der mir entsetzt zuflüsterte: »Ich kann nicht schwimmen«, worauf ich ihn noch schnell beruhigte: »Zieh, wenn du auftriffst, sofort an dem Kabel, dann bläst sich deine Weste auf.«

Und so sprangen wir. Schon bald trugen uns die Schwimmwesten an die Oberfläche. Das Boot schaukelte, von einigen Lämpchen beleuchtet, ganz in der Nähe. Wir kletterten hinein, dank der Seile rundherum, und zählten ab. »Acht auf acht«, stellte der Chefpilot zufrieden fest. Das Flugzeug war verschwunden.

»Sucht nach Whisky in den Provianttaschen«, setzte er hinzu, »wir wollen unsere Vergnügungsreise mit einem guten Trunk auf ›Vater König‹, auf alle Engländer und auf alle freien Menschen dieser Welt beginnen.«

Er blieb trotz der Anwesenheit des Marschalls der Luftwaffe Herr an Bord. Er war wirklich überaus geistesgegenwärtig und wußte, die Moral zu festigen. Wir fanden die Whiskyflaschen, tranken, sangen den Refrain von Lili Marlen, einem deutschen Lied, das von den alliierten Soldaten übernommen wurde, und ließen »It's a long way to Typperary« ertönen. Durchnäßt, wie wir waren, und frierend, sank jedoch die Euphorie schnell in sich zusammen; seekrank hingen wir über dem wulstigen Rand des Schlauchbootes mit nur einem Wunsch, so schnell wie möglich zu sterben, denn wenn man seekrank ist, will man nichts anderes.

Verloren in der Weite des Ozeans, wurde mit klar, daß ich für einen kurzen Augenblick die Schwelle überschritten hatte, die das Tägliche vom Wunderbaren trennt. Doch nun war ich ins Tägliche zurückgesunken. Was würde geschehen? Unser Hilferuf konnte von irgend jemandem aufgefangen worden sein, selbstverständlich auch vom Feind. Gegen Mittag rief einer von uns: »Ein Schiff!«

Wirklich, ohne Zweifel, es war eines. Welcher Nationalität, konnten wir noch nicht feststellen. Es kam näher, und wie wir später erfuhren, hatte es unser SOS-Signal aufgefangen. Es war unser großes Glück, daß es sich um ein portugiesisches Fischerboot handelte, das uns auffischte. Unmittelbar zu neuer Lebenskraft erwacht, kommandierte der Chefpilot:

»Ausziehen, alle Kleider über Bord!«

»Warum denn?« fragte der Luftmarschall empört.

»Habt ihr etwa schon gehört, daß geistig gesunde Soldaten, die etwas auf sich halten, verdammte Zivilisten mit sich herumschleppen? In Unterhosen fällt jeder Unterschied weg.«

Er hatte völlig recht. Vivien und ich waren in Zivilkleidung, da wir von Gibraltar nach Frankreich wollten. Jede diesbezügliche Frage mußte von vornherein vermieden werden. Ganz besonders, da wir noch nicht wußten, ob es ein deutsches, spanisches oder portugiesisches Boot war, das sich näherte.

In einem unbeschreiblichen Wirrwarr wurden wir von den braven Matrosen an Bord gehievt. Fast wären wir wieder alle ins Wasser gefallen. Als letzter verließ der

Pilot das Boot, den Stöpsel herausziehend, um es zum Sinken zu bringen. Wir bekamen einen heißen Grog, wickelten uns in Decken und waren mit unserem Los zufrieden. Ich wurde zum Dolmetscher erklärt, da ich etwas spanisch spreche und die Portugiesen diese Sprache meistens verstehen. Der Kapitän war gekommen, um sich nach unserem Befinden zu erkundigen, natürlich fragte er:

»Warum seid ihr alle in Unterkleidern?« Ich schaute den Chefpiloten an, in der Hoffnung, er würde mir zu antworten helfen. Er tat es auch, indem er demonstrativ seine Arme zum Himmel hob.

»Ganz einfach!« erklärte er, ohne daß sein Mund auch nur das geringste Lächeln verriet; er hatte die Frage des Kapitäns an dessen Mimik verstanden.

»Wir machten unsere Morgengymnastik, und jeder weiß, daß man nicht voll bekleidet seine Gymnastik macht!« Ich mußte lachen und versuchte zu übersetzen, speziell mit Gesten. Als der Kapitän endlich zu verstehen schien, spuckte er auf den Boden, schüttelte den Kopf und sagte verzweifelt: »Ein guter Christ kann die ›Inglisch‹ nicht begreifen,« und so ließ er uns allein.

Wir erreichten den Hafen von Leixos am Spätnachmittag. Die portugiesischen Behörden waren per Funk verständigt worden; man erwartete uns, und wir wurden nur einem Verhör unterzogen. Da Vivien kein Englisch verstand, hatten wir ihm geraten, er solle erzählen, er sei auf der Insel Maurice geboren und aufgewachsen, einer Insel, die zwar dem Commonwealth angehört, aber auf der nur französisch gesprochen wird. Der verhörende Offizier war augenscheinlich sehr wenig interessiert, die

Wahrheit zu erfahren, denn Portugal war ein geheimer Verbündeter Englands.

Bald darauf erhielt der englische Konsul, der nicht weit entfernt in Oporto wohnte, die Erlaubnis, uns zu besuchen und uns Mut zuzusprechen. Er hatte Seife, Zahnbürsten und sonstige Kleinigkeiten mitgebracht und versprach, uns noch am selben Abend Kleider oder Uniformen zu beschaffen, denn wir waren immer noch in Decken gewickelt.

»Ich schicke sie euch ins Gefängnis«, kündigte er an.

»Ins Gefängnis?« riefen wir erschreckt.

»Ja, ihr kommt für die Dauer des Krieges ins Gefängnis«, erklärte er, um nach einer kurzen Pause mit einem verhaltenen Lächeln hinzuzufügen, »einem Gefängnis, dem man entschlüpfen kann.«

»Und wie entschlüpft man diesem Gefängnis?« fragten wir im Chor.

»Dank meiner Hilfe, wenn der Moment gekommen ist. Gottlob sind wir in einem Land, das seit vier Jahrhunderten mit Seiner Majestät verbunden ist; Franco hätte euch ganz anders empfangen. Aber seid beruhigt, schon heute abend bekommt ihr von mir eine gute Mahlzeit aus einem gebratenen Huhn in die Kantine des Gefängnisses zugeschickt.«

»Aber dann schon bitte mehrere Hühner«, bat der Chefpilot, »denn wir sind hungrig.«

XV

Du bist einer Falle entgangen

Vielleicht ist es an der Zeit, eine wesentliche Frage zu stellen. Wie kann man eine Vorahnung erklären, wie kann man die Vision, die Michèle mitten in der Nacht in mein Zimmer trieb, deuten, denn beide »Phänomene» stehen ja anscheinend miteinander in Verbindung.

Der Flugzeugunfall rettete mein Leben, was ich damals noch nicht wußte, denn an dem Ort, an dem Vivien und ich landen sollten, erwartete uns die Gestapo. Alric hatte uns verraten – darauf werde ich zurückkommen –, aber sein Verrat gibt keine Antwort auf die gestellte Frage.

Vielleicht umgibt jeden von uns ein ganz subtiles Energiefeld, das sich unter bestimmten Umständen ausdehnen kann, um so durch subtile Schwingung Impulse auf Distanz zu vermitteln. Es handelt sich dabei um eine Hypothese und um nichts mehr. Auch erwähnte ich verschiedentlich den Zustand einer scheinbaren Verdoppelung, gleichzeitig Schauspieler und Zuschauer seines eigenen Wirkens. Es handelt sich nicht darum, zu glauben oder nicht zu glauben, sondern um den Versuch, die logische Erklärung dieses Zustandes zu finden, der sich jeder Logik entzieht. Dies meint, dank einer vielleicht bisher unerkannten Fähigkeit Eindrücke aufzunehmen, die - so scheint es - einer den Sinnen entgehenden Ebene zuzuschreiben sind. Die Frage stellt sich also:

Besitzt der Mensch Neuronen, die unter bestimmten Umständen auf Schwingungen ansprechen, deren Ursprung uns entgeht?

Eines ist gewiß: Es liegt nicht außerhalb der menschlichen Fähigkeiten, »überweltliche« Wahrnehmungen zu empfangen. Sie überhaupt erst zu registrieren und dann noch richtig zu bewerten, also sie ganz einfach und ungebrochen anzunehmen, um dann entsprechend zu handeln, bedingt eine wesentlich grundlegende Erfahrung. Sie wurde mir zuteil, aber ich würde lügen, wenn ich behauptete, ich sei angstfrei. Es gibt Augenblicke der Angstfreiheit, und es liegt an uns, sie zu vervielfältigen.

Der Beweis ist erbracht – angstfrei meistert man sein Schicksal. Sollte dies, sollte ein Leben, eine Erfahrung, der Beweis sein? Der Beweis dafür, daß sich Schicksal angstfrei meistern läßt?

Wir wurden in einem Kleinbus ins Gefängnis gebracht. Im Bewußtsein, daß es sich nur um einen vorübergehenden Aufenthalt handeln würde, waren wir guter Laune, um so mehr, als kurz nach dem Eintreffen und unserer »Einkerkerung« jeder von uns ein Paket bekam, das Kleider, Wäsche und Süßigkeiten enthielt. »Vater König« wacht, so hieß es in unserem Kreis.

Ich wurde in eine Zelle gesperrt, in der ein etwa fünfzig Jahre alter, bärtiger Mann auf einer Pritsche saß. Wir wurden schnell Freunde und verständigten uns in einem schlimmen Kauderwelsch aus Spanisch, Portugiesisch und Italienisch. Er erzählte mir, daß er seine zwei Frauen umgebracht habe. In unüberlegter Weise, erklärte er, habe er beim zweiten Mal dasselbe Gift gebraucht wie beim ersten Mal, und so sei er überführt worden. »Zu dumm!« rief er immer wieder aus, ohne jedwede Reue zu zeigen.

Tagsüber waren wir ziemlich frei und begegneten uns in der Bibliothek, deren Bücher wir allerdings kaum lesen konnten, da sie alle in portugiesischer Sprache geschrieben waren. Der Konsul ließ uns stattdessen englische Zeitschriften und Zeitungen zukommen.

Und so näherte sich eines Morgens einer der Wärter, der mir mit Verschwörermiene zuflüsterte, daß wir uns die Haare schneiden lassen müßten. Nun hatten wir uns bereits vor zehn Tagen, als wir ankamen, die Haare schneiden lassen, und so begriff ich schnell, daß die Freiheit winkte. Im Gänsemarsch erreichten wir den für das Harrschneiden vorgesehenen Raum, fanden eine offene Tür, gingen einen langen Gang entlang, auf dem niemand zu sehen war, erreichten das Verwaltungsgebäude, stiegen eine Treppe hinunter, öffneten die Eingangstür und traten auf die Straße, wo zwei Autos uns erwarteten. So gelang unsere »Flucht«.

Die kommenden vierzehn Tage verbrachte ich in der Villa des britischen Konsuls, nicht weit von Oporto. Das Gefängnis stand übrigens in Oporto. Es war ein Aufenthalt in einer Märchenwelt. Die Villa als solche war auf einer kleinen Anhöhe erbaut, inmitten eines sorgfältig gepflegten Gartens, in dem trotz der späten Jahreszeit noch Blumen blühten. In einem Rundbau war die Bibliothek eingerichtet, sie enthielt hervorragende Werke. Ein großer Kamin, in dem ständig ein Feuer brannte und vor dem Tierfelle ausgebreitet waren, lud den Leser ein, sich in einen der tiefen Sessel niederzulassen und, ungestört von jedem Lärm, in der Literatur zu schwelgen.

Gegen Ende der ersten Woche erschien der Konsul in dieser Rotunde, in der ich mich befand. Er mischte Whisky mit Soda in einem Kristallglas und trank in kleinen Schlucken mit sichtlichem Behagen. Danach setzte er sich zu mir und eröffnete mir, ich würde am nächsten Tag von Lissabon per Flugzeug nach London gebracht.

»Mein Lieber«, so fing er an, »du hast aber Glück gehabt.«

»Allerdings«, gab ich zu, »hier zu sein, ist ein großes Glück.«

Dies dachte ich übrigens wirklich, nicht nur, weil wir dem Ertrinken entgangen waren, sondern weil die Gespräche mit meinem Gastgeber sehr angeregt, tief und sehr freundschaftlich waren. Ich sagte es ihm.

»Nicht nur aus diesem Grund«, antwortete er. »Du bist einer Falle entgangen. Dereck wird dich in London aufklären. Ich kann das nicht, weil ich die Details nicht kenne, aber wenn du nicht ins Wasser gefallen wärest, wärest du jetzt nicht mehr am Leben.«

Ich war mehr als neugierig, konnte aber sonst nichts aus ihm herausholen. Am nächsten Tag begleitete er mich zum Bahnhof, und als der Zug abfuhr, nahm er vor dem offenen Fenster, an dem ich stand, Haltung an und sang ganz leise die erste Strophe der Marseillaise. In Lissabon angekommen, ging ich direkt zur Rua de Alecrim, eine Adresse, die ich gut kannte, denn es war die Adresse meiner Liebesbriefe an Rhea. Ich wurde von einem freundlichen Mann empfangen, der mein Kommen erwartete. Er bot mir einen Kaffee an, wir kamen ins Gespräch und tauschten allgemeine Erfahrungen aus, bis er auf einen Knopf drückte.

Die Tür ging auf, und eine junge Frau in den Dreißigern mit sympathischen Zügen trat herein. Mein Gegenüber, sichtlich froh, mir eine Überraschung zu bereiten, nickte ihr zu:

»Darf ich dir deinen Geliebten vorstellen?«, sagte er, »Rhea, dies ist der Mann deiner Träume.« Sie lächelte und reichte mir die Hand.

»Ich habe mir immer gewünscht, daß ein Mann mir all das schreiben würde, was Sie mir geschrieben haben. Schade, daß Sie mich nicht kannten, sonst hätte ich glauben können, Sie wären wirklich verliebt.«

Wir gingen zu dritt in eine Bodega, um eine Kleinigkeit zu uns zu nehmen, und verbrachten eine angenehme Stunde. Rhea brachte mich an den Flugplatz, aber bevor ich in das Militärflugzeug einstieg, bat sie mich leicht errötend: »Statt eines Liebesbriefes schicken Sie mir eine Postkarte, aber dieses Mal wirklich an mich.« Und so trennten wir uns.

XVI

Von ihm müssen Sie mir noch mehr erzählen

Ganz unvorhergesehen kam ich nochmals nach London. Ich hatte in Lissabon Orangen für die Kinder eingekauft und für Nancy eine Flasche Eau de Cologne. Diese zerbrach in dem kleinen Koffer, den ich mir angeschafft hatte, als das Flugzeug aus unerfindlichen Gründen plötzlich steil zum Himmel aufstieg; und so badeten die Orangen in Eau de Cologne. Als ich sie den Kindern gab, die vergessen hatten, wie so eine Frucht aussah, waren sie begeistert, besonders ob des Geruches dieser paradiesischen Gaben.

In seinem Club, in der Nähe des Piccadilly, wartete Dereck auf mich.

»Ich habe Sie hierhergebeten, weil ich in Ruhe mit Ihnen sprechen muß«, erklärte er, nachdem wir uns, wenn auch auf militärische Weise, herzlich begrüßt hatten. Wir waren beide in Uniform und freuten uns über dieses Wiedersehen. Ich erzählte kurz, was er sowieso bereits wußte, und wartete mit Ungeduld auf seinen Bericht.

»Ich denke, Sie müssen darauf gefaßt sein, hier in London zu bleiben, denn auf dem Kontinent ist so manches passiert«, sagte er endlich.

»Ich will aber nicht hierbleiben«, meinte ich nachdrücklich; »was ist denn passiert?«

»Soweit wir im Bilde sind, folgendes: Marie Madeleine, eine unserer Agentinnen in Südfrankreich – ich glaube, Sie kennen sie – ist eingetroffen.«

»Na großartig«, bemerkte ich, »sie ist eine mutige und schöne Frau.«

»Allerdings. Vor wenigen Tagen erreichte sie London nach einer halsbrecherischen Flucht. Ich werde Ihnen ein anderes Mal davon erzählen. Sie entkam, obwohl ihr Partner, wie alle Mitglieder der Gruppe, der sie vorstand, in einem von der Gestapo ausgeworfenen Netz gefangen wurde. Wissen Sie, wer sie verriet? Ihr Freund Alric! Somit ist sicher, daß er Ihren und Viviens Bestimmungsort kannte. Entsprechend erwartete man Sie schon am Cap de l'Aiguillon. Die Marinebarkasse, der ihr entkamt, als das Unterseeboot, das Sie nach Gibraltar brachte, tauchte, hatte den Zwischenfall selbstverständlich gemeldet, und Alric wußte, daß ihr bei Cannes landen würdet.«

»Alric, ein Verräter! Wer hätte das gedacht!« Ich war zutiefst betroffen.

»Jawohl, und deshalb können Sie nicht zurück.«

»Aber ich bestehe darauf«, rief ich eigenwillig.

Wir diskutierten hin und her, und ich versuchte, so gut ich konnte, Dereck davon zu überzeugen, daß die über zwei Jahre lang aufgebaute Organisation auseinanderfiele und niemand mich ersetzen könne.

»Ich weiß«, fügte ich hinzu, »die sogenannte freie Zone ist mittlerweile auch besetzt, und jede Rückkehr ist mit Sicherheit gefährlich. Aber per Fallschirm erwartet mich niemand.«

Dereck schwankte.

»Alric dürfte alle Ihre Adressen, zumindest alle, die er kennt, angegeben haben. Was weiß er von Ihnen?«

»Wenig«, antwortete ich. »Er kennt meinen wahren Namen, und deshalb muß Frédéric Lionel definitiv verschwinden – was ja im Grunde problemlos ist. Er ist ja bereits aus Paris verschwunden.«

Noch war Dereck nicht überzeugt. Ich schwieg, um ihm Zeit zu lassen. Nach einer Weile meinte er:

»Einverstanden! Ich schicke Sie nach Schottland zu einem besonderen Kommandotraining. Sie werden die notwendigen Fallschirmabsprünge absolvieren und danach im Fallschirm, nicht weit von den Pyrenäen, in Südfrankreich abspringen und dort einen unserer sehr aktiven Agenten, Tristan – dies ist sein Deckname – aufsuchen. Sie werden die Leitung der von ihm aufgezogenen Organisation übernehmen. Das Überqueren der Pyrenäen wird von jetzt ab unerläßlich. Wir werden in Spanien alles vorbereiten, um die eintreffenden ›Postpakete‹ quer durch das Land nach Gibraltar zu bringen. Viel Glück!«

»Danke«, antwortete ich erleichtert, »vergessen Sie nicht«, fügte ich hinzu, »daß Garcia in Jaca ein äußerst willkommener Stützpunkt sein wird.«

»Von ihm müssen Sie mir noch mehr erzählen«, erwiderte Dereck, »aber nicht heute.«

Bevor ich über das kommende Training und meine Rückkehr nach Frankreich berichte, möchte ich etwas Wesentliches vorausschicken.

Der Verrat Alrics, der viele Leben kostete, sowie die Ursachen, die ihm zugrundelagen, mag die Frage aufwerfen, wie wir in einer ähnlichen Lage gehandelt hätten. Die Einzelheiten erfuhr ich kurz nach dem Kriege von Alric selbst, bevor er wegen Hochverrat vor Gericht gestellt wurde. Alric unterrichtete mich so eingehend, weil er hoffte, aus mir nicht einen Zeugen der Anklage, sondern im Gegenteil, einen Zeugen der Verteidigung zu machen. Von meinem Entschluß hing seine Zukunft ab. Da ich in den vier Jahren des Krieges vieles verstanden hatte, das der Justiz der Menschen entgeht, stimmte ich zu, und so wurde Alric nur zu einer Gefängnisstrafe verurteilt – obwohl Marie-Madeleine alles tat, den Richtern zu beweisen, daß er den Tod verdiene. Sie konnte ihm nicht verzeihen, daß durch seine Schuld der von ihr geliebte Mann erschossen worden war.

Wenn ich von den verschiedenen Rechtfertigungen absehe, die Alrics Geschichte beschönigen sollten, läßt sich vielleicht folgendes zusammenfassen.

Eines Tages drang die Gestapo in Alrics Marseiller Wohnung ein und verhaftete ihn und seine Freundin Claudia. Ganz klar ist mir nicht, wie es zu dieser Verhaftung kam. Eines ist gewiß, in den verschiedenen Gruppen der Untergrundbewegungen herrschte oft große Unvorsichtigkeit. Alric behauptete, man habe ihn gezwungen, meinen Namen zu nennen, weil er gerade in dem Augenblick, da die Gestapo auftauchte, im Begriff war, mir postlagernd eine Karte nach Cannes zu schikken. Und mein Name hätte bereits auf der Karte gestanden. Vielleicht ist dies gelogen, denn die postlagernde Adresse in Cannes, die ich Alric gegeben hatte, lautete auf einen ganz anderen Namen. Aber wie gesagt, lassen wir die Details beiseite.

Die zwei Gefangenen wurden nach Frèsnes ins Gefängnis gebracht, und dort stieß sich Claudia eine Feile, die sie im Saum ihres Rockes versteckt hatte, in den Unterleib. Lieber wollte sie verbluten, als gezwungen werden, das, was sie wußte, auszusagen. Die Blutung wurde jedoch rechtzeitig gestoppt. Allerdings kam es zu einer Blutvergiftung. Claudia lag auf einem Operationswagen, bleich, sterbend, während man Alric verhörte. Eine Bluttransfusion könne sie retten, sagte man ihm. Einer derjenigen, die ihn verhörten, versprach ihm, daß eine der Krankenschwestern ihr Blut geben würde, wenn er spräche. Er weigerte sich lange, und Claudia in ihrem Fieberwahn phantasierte und beteuerte immer wieder, sie wolle kein deutsches Blut in ihren Adern haben.

Alric brach zusammen. Ein Wort gab das andere. Er versprach – und auch dies bleibt unerklärlich –, von nun an für die deutsche Abwehr zu arbeiten. Man glaubte ihm und setzte ihn wie auch die inzwischen genesene junge Frau nach einigen Wochen frei. Alric hielt jedoch sein Versprechen nicht. Es gelang ihm, sich nach Nordafrika durchzuschlagen. Nach der Befreiung Frankreichs kehrte er dann nach Paris zurück und nahm mit mir Fühlung auf.

»Ich wollte«, so beteuerte er, »alle warnen. Sie waren weder hier noch anderswo erreichbar. Ich mußte den Beweis für meinen guten Willen liefern und tat dies in der festen Absicht, London schnellstens zu verständigen. Glaubt mir!«

Ich glaubte ihm nicht, aber wie gesagt, wie hätte ich an seiner Stelle gehandelt? Anders vielleicht, wirklich anders? Um Theorien unseres Handelns sind wir selten verlegen – gerade hinterher.

Alric starb später an einer der schmerzhaftesten Krebsarten.

XVII
Nitroglyzerin und Dynamit

Ein graues Steingemäuer mit einem Schieferdach, eingebettet in die grüne Senke einer Hügellandschaft am äußersten Zipfel Schottlands - das war die Kommandoschule, bei der ich mit einigen Kameraden an einem Spätnachmittag eintraf. Ein feiner Regen rieselte. Die Heide, die wir nach unserer Ankunft auf einer kleinen Bahnstation in einem Lastkraftwagen durchquert hatten, war eher ein Moor. Unweit des Meeres, zwischen zwei kleinen Seen, einsam, entlegen, ohne jede Menschenseele (die Bevölkerung hatte man evakuiert), war diese Gegend vor Neugierigen sicher.

Bereits in der folgenden Nacht begann unser Intensivtraining. Wir waren an die fünfundzwanzig Mann unterschiedlicher Nationalität. So gegen zehn Uhr abends fuhren wir mit mehreren LKWs in die Nacht hinaus. In kleinen Gruppen, völlig verstreut, wurden wir abgesetzt. Unser Befehl lautete, auf eigene Faust, auch ohne Kompaß, ganz einfach dem Instinkt folgend, unseren Standplatz wiederzufinden. Durchnäßt und durchgefroren, gelang es uns auch - mit mehr oder weniger Verspätung.

Um 4.30 Uhr morgens wurden wir mit einer Tasse Tee geweckt; meine Ordonnanz brachte sie mir ans Bett. Bei welchem Wetter auch immer, im Trainingsanzug wurden wir gnadenlos bergauf und bergab gehetzt - gehend, springend, laufend -, um dann todmüde zum Frühstück zurückzukommen. Es mag unglaublich klingen, doch der Ehrgeiz, über sich selbst hinauszuwachsen, die Grenzen der Belastbarkeit zu erproben und die eigene Widerstandskraft zu erhöhen – dies alles bereitete uns eine fast tierische Wollust.

Man lehrte uns auf die verschiedensten Weisen zu töten – und dem eigenen gewaltsamen Tod zu entgehen. Wir lernten mit allen nur erdenklichen Waffen umzugehen, mit einer Lokomotive zu fahren und die verschiedensten Objekte in die Luft zu sprengen. Das war dann die Belohnung. Wir benutzten alle Arten von Sprengstoffen, um Modellbauten in einem wahren Feuerwerkstaumel zu vernichten. Wir gingen mit Nitroglyzerin und Dynamit um, als handle es sich um Spielzeug. Wir lernten schießen und lernten auch, unseren Mut zu schärfen. Ich danke Gott, daß ich diese Mordtechniken niemals gezwungen war anzuwenden – im Gegenteil, ich führte Krieg, indem ich Menschen rettete.

Am Ende dieses dreiwöchigen Trainingskurses fühlte ich mich bestens präpariert. Ich verließ das nasse Schottland – für das nächste Training. Nahe bei Manchester wurde ich als Fallschirmspringer ausgebildet. Ich absolvierte fünf Sprünge – den ersten aus einem Fesselballon, die anderen aus einem Flugzeug. So konnte ich, stolzgeschwellt, das Abzeichen mit den zwei Flügeln auf meiner Uniform befestigen. Die Kreatur in uns will ihre Befriedigung haben . . .

Kurz darauf, in einer mondlosen Nacht, flogen wir in Richtung Frankreich ab. Um nicht von der Fliegerabwehr erfaßt zu werden, hielten wir uns in Baumhöhe und folgten sozusagen auf Sicht den Unebenheiten des Geländes.

»Go!« schrie der Pilot, und ich sprang ab. In der plötzlichen Stille hörte ich das Muhen einer Kuh, die Erde empfing mich mütterlich, die notwendigen Handgriffe führte ich mechanisch aus. Den Fallschirm vergrub ich, und dank meiner Bussole fand ich ohne allzu große Mühe meinen Weg und bestieg an einer kleinen Bahnstation einen Zug, um nach langen Umwegen in Toulouse zu landen. Von dort erreichte ich Tarbes, die Stadt, in der Tristan, von dem mir Dereck viel erzählt hatte, ein Bistro besaß. Ein Bistro ist ein Mittelding zwischen Café, Kneipe und Restaurant, mehr eine Kneipe, aber nicht ganz. Meist bekommt man da ganz einfache Mahlzeiten, und um die Theke finden sich zu bestimmten Zeiten die Besucher zu einem kurzen Gespräch zusammen; das Bistro ist in jeglicher Beziehung Begegnungsort. In der Geschichte Frankreichs spielten derartige Bistros schon häufig eine maßgebende Rolle. *Tristan* war der vom *Service* zugeteilte Deckname des Besitzers; sein wahrer Name war Gaston – ein außergewöhnlicher Mensch. Er konnte sich nur mit zwei Stöcken bewegen, denn eine Arthritis behinderte ihn stark. Selbst den Kopf konnte er nur ganz leicht zur einen oder anderen Seite drehen. Ein Löwenmut beseelte ihn – auch ein leidenschaftlicher Haß, nicht nur gegen die Besatzungstruppen, sondern auch gegen alle, die ihnen gewogen waren. Seine Frau teilte diese Einstellung, und seine zwei Töchter ebenfalls. Die ganze Familie, zu viert, bediente die Kundschaft, hielt das Bistro sauber, kochte, wenn notwendig, und war ständiger Knotenpunkt sämtlicher Komplotts.

Yvette, Tristans Frau, war ein kränklich aussehendes, unscheinbares Wesen; sie stand jedoch ihrem Mann in

Dick und Dünn zur Seite, ihre Töchter taten es ihr gleich. Weder hübsch noch häßlich, unterstützten sie die oftmals halsbrecherischen Aktivitäten ihres Vaters, aus Patriotismus, aber auch aus Lust an der Gefahr.

Ich gab mich zu erkennen. Die Erkennungsworte hatte man mir mitgeteilt, und so wurde ich sofort als der zuständige Chef, der nunmehr alles in die Hand nehmen sollte, anerkannt. Mein Hauptquartier richtete ich in Rabastens auf einem Bauernhof ein, der Freunden von Tristan gehörte. Nicht zu weit von Tarbes entfernt, konnte ich die Stadt leicht auf einem Fahrrad erreichen, ohne auf dem Präsentierteller des Bistros zu stehen, in dem ich nur dann erschien, wenn es notwendig war. Das Bistro von Tristan wurde, so vernahm ich später, überwacht, und eigentlich ist es unverständlich, daß die dort einkehrenden Menschen nicht einer nach dem anderen verhaftet wurden. Man nannte es, und dies ganz offen, die Terroristenhöhle, aber Tristan kümmerte das nicht, und Angst schien ihm und seiner Familie fremd zu sein.

Es war Tristan, der die Verbindung mit den Bergführern herstellte, meist spanische Republikaner, die sich diesseits der Pyrenäen festgesetzt hatten und bereit waren, gegen Entgelt unsere »Postpakete« über Gemssteige in ihr Heimatland zu schmuggeln. An vereinbarter Stelle wurden diese »Postpakete« von der englischen Organisation übernommen.

Da ich nicht die vielen Maßnahmen und Gegebenheiten beschreiben möchte, die zu unserem täglichen Pensum gehörten, seien nur jene erwähnt, die auch nach Jahren noch von Interesse sind, weil sie eine Fügung nachzeichnen, die den Zufall ausschließt. Es handelt sich ja hier um den inneren Weg, den ich dank Garcia einschlug und den jeder früher oder später einschlagen muß. Also möchte ich mich auf Wesentliches beschränken, damit der Leser die Möglichkeit erkennt, von seiner verfestigten Ansicht zu lassen. Und er wird sie erkennen, wenn er den Weg erkennt, dessen Endziel seine eigene Wandlung ist.

Ich erinnere den Einfall eines kleinen Trupps russischer Miliz, die der sogenannten Wlassow-Armee angehörte. Wlassow war ein aus Georgien stammender General. Er hatte sich mit der deutschen Wehrmacht verbündet, und seine Miliz unterstützte die Polizei und war in ganz Südfrankreich verhaßt.

Ein Trupp georgischer Soldaten stürzte also eines Mittags in das Bistro und befahl allen Anwesenden, sich an die Wand zu stellen. Ich war anwesend. »Hände über den Kopf!« kommandierte ein Feldwebel. Wir wurden durchsucht, alle Schränke aufgerissen, alles, was irgendwie verpackt war, mit dem Bajonett durchstochen. Kurz und gut, die Durchsuchung war vorprogrammiert, man war zum »Erfolg« verpflichtet, um mit Grund alle Terroristen zu verhaften und vermutlich auch gleich zu erschießen.

In einer Ecke hatte noch vor einer Stunde ein junger Mann, der einer Untergrundbewegung angehörte, einen Koffer abgestellt, in dem ein Maschinengewehr verstaut war. Alles wurde, wie gesagt, durchschnüffelt und durchkämmt, doch niemand öffnete den Koffer. Hätte man es getan, wir wären wohl heute nicht mehr da. Zufall oder Fügung? Der Leser mag entscheiden.

Ein anderes Mal – und dies ist vielleicht eine meiner eindrücklichsten Erinnerungen aus der Kriegszeit –

wurde ich von Tristan auf einen Sportplatz mitten in der Stadt geführt, auf dem rundherum Wohnwagen standen, die den Sportlern als Umkleidekabinen dienten. In einem dieser Wohnwagen lag das armselige Wrack eines Menschen. Derselbe junge Mann, der den Koffer bei Tristan abgestellt hatte, ohne anzugeben, was er enthielt, hatte sich zusammen mit seinen Freunden dieses Mannes bemächtigt, der der französischen Miliz angehörte. Man erwartete von ihm Aufschluß über Art und Weise der Verhaftung eines nahen Angehörigen; es war wohl der Bruder des Mannes aus dem Bistro, den man aus dem Gefängnis befreien wollte. Die französische Miliz, eine Art Bürgerwehr, arbeitete Hand in Hand mit der Gestapo. Die jungen Leute folterten ihre Gefangenen auf grausamste Weise. Er hatte, mehr tot als lebendig, versprochen, einem Offizier und nur ihm, alles, was er wisse, mitzuteilen, und so hatten die Verschwörer Tristan gebeten, den Offizier, mit dem er in Verbindung stand – das war ich – zu verständigen, damit ihr Opfer ihm alles Wissenswerte beichte.

Ich trat in den Wohnwagen. Der Gestank von verbranntem Fleisch, vergossenem Blut und Erbrochenem verfolgt mich manchmal noch heute.

Es ist unvorstellbar, daß Menschen Menschen foltern, und doch tun sie es immer von neuem, immer wieder und überall. Ich mußte mich übergeben, und Tristan, der ein guter Mensch war, lachte nur und meinte kopfschüttelnd:

»Dir fehlt ein rechter Magen! – Aug' um Auge, Zahn um Zahn – das ist das furchtbare Gesetz des Hasses.«

Ich versprach dem Milizen einen schnellen Tod; er wußte genau, wie es um ihn stand. Obwohl er nur mit größter Anstrengung flüstern konnte, denn seine verschwollenen Lippen und die ausgeschlagenen Zähne hinderten ihn, Worte zu formen, beichtete er seine Sünden - und sie waren groß. Er hatte oftmals vollzogen, was an ihm vollzogen wurde, und es auszusprechen, erleichterte sein Gewissen. Ich gab ihm eine Zyankalipille, und er starb friedlich, nicht ohne uns vorher alles Wissenswerte mitgeteilt zu haben.

Man nahm mir meine Barmherzigkeit übel. Tolle Hunde sollten leiden, bevor sie krepieren - so lautete die Grabrede seiner Folterer.

Zum Abschluß sei erwähnt, daß es den jungen Leuten nicht gelang, aufgrund der so erhaltenen Informationen den Bruder des Anstifters dieser Entführung zu befreien. Er wurde standrechtlich erschossen.

Krieg ist ein schrecklicher Zustand. Im Süden Frankreichs sind die Menschen heißblütig und leidenschaftlich und demnach mitleidlos. Der Krieg kann allerdings auch Gegenteiliges im Menschen hervorrufen. Oft wurde ein Feigling zum Helden, nur um einen Kameraden zu retten. Natürlich dienen diese Beispiele nicht der Rechtfertigung. Denn ganz grundsätzlich müßte man sich fragen, warum zu allen Zeiten Menschen den Frieden ersehnen und doch Krieg führen. Vielleicht, weil sie nicht wirklich und wahrhaft friedfertig sind und es nur behaupten zu sein. Insofern ist die kriegerische Bilanz auch unserer Zeit nicht verwunderlich. Man kann nur das stiften, was man selbst ist. Wenn wir in uns keinen Frieden haben, können wir ihn auch mit anderen nicht machen.

Logik, Metalogik . . . ?

XVIII
Wir saßen um das Feuer und philosophierten

Um dem Leser Jahrzehnte nach den Ereignissen des Zweiten Weltkrieges Einblick in die Tätigkeit zu geben, die damals mit einer ständigen Bedrohung all derer, die mit mir zusammenarbeiteten, verbunden war, möchte ich kurz einige Episoden schildern. Sie sind derart farbig, daß sie etwas verdeutlichen, was bereits im schottischen Trainingslager - wenn auch in anderer Weise - deutlich wurde: Mut ist keine Konstante. Die Gefahr kann so sehr zur Gewohnheit werden, daß man sie vermißt, sobald sie aufhört.

Für kurze Strecken benutzte ich das Fahrrad. Für längere Reisen allerdings ließen sich die äußerst umständlichen und unzuverlässigen Zugverbindungen nicht umgehen. Umständlich waren sie, weil die Bombenangriffe der Alliierten manche Brücken und viele Umschlagplätze völlig zerstört hatten. Umwege waren die Regel. Ich erinnere mich einer Reise von Tarbes nach Paris, die fünf Tage dauerte.

Eine amerikanische Organisation hatte uns einen Tschechen in deutscher Uniform zugespielt. Er sollte sich in der Umgebung von Paris verstecken und den vorgesehenen Rückzug der Wehrmacht verfolgen, um auf eine mir unbekannte Weise den Amerikanern die Etappen dieses Rückzuges mitzuteilen. Nur in

Amerika kann man einen derart unsinnigen Plan aushecken.

Ich hatte diesem braven Tschechen, der sich völlig verloren fühlte, versprochen, ihn auf seiner Fahrt nach Paris zu eskortieren. Simone, eine junge Frau, begleitete uns; sie verstand es die ganze Zeit über, die Lebensmittel zu organisieren. Aufenthalte von längerer Dauer waren ja nicht gerade selten, und so konnte Simone bei Bauernfamilien oder Dorfbewohnern das Notwendigste erstehen.

Alle Züge hatten Waggons für Wehrmachtsangehörige. Insofern zog es der Tscheche natürlich vor, bei uns zu bleiben, was allerdings zu großen Unannehmlichkeiten führte, die gefährlich wurden. Reisende mit Courage wollten ihn aus dem fahrenden Zug werfen, und so blieb ihm nichts anderes übrig, als in den Wehrmachtswagen zu wechseln. Zum Glück waren seine Papiere in Ordnung, und so lief auch diese Münchhausiade reibungslos ab.

In Paris mußte ich so manches Mal auf einem Fahrrad an meiner Wohnung vorbeifahren, und dies in vollstem Bewußtsein, daß ich unter keinen Umständen erkannt werden durfte. Ich hatte mir einen Schnurrbart wachsen lassen, der allerdings nur auf den ersten Blick täuschen konnte. Zweifelsohne kursierte bei den verschiedenen Polizisten seit Alrics Aussage meine Fotografie. Mehr denn einmal beschlich mich ein spürbares Unbehagen, wenn ein Passant mich anschaute. Ich war überzeugt, die Gestapo wußte, daß ich im Lande war, und diese Überzeugung war gerechtfertigt. Da sie mich an allen Orten vermutete, die ihr bekannt waren, wurde weder in Paris, noch auf meinem Landsitz das Geringste angerührt, in der Hoffnung, ich würde so in die Falle gehen, die mir gestellt war.

Ich wohnte in Paris in einem kleinen Studio nahe der Seine und vermied, so gut es ging, jedweden Kontakt mit Bekannten oder Freunden. In Tarbes, Endpunkt der »Linie«, kamen mehr und mehr »Postpakete« an. Sie wurden stets von einem Unterschlupf zum anderen geleitet, und falls sie in Uniform waren (dies war häufig der Fall, bei abgeschossenen Fliegern zum Beispiel, die mit dem Fallschirm gelandet waren), lieh man ihnen Regenmäntel. »Trenchcoats« gehören zur Uniform, und uniformiert mußten sie sein, um nicht als Spione erschossen zu werden. – Wir, die sie eskortierten, würden vermutlich kaum der Hinrichtung entgehen, und selbst dies erst nach erfolgter Folterung, denn wie schon Voltaire sagte: »Man preßt die Zitrone aus und wirft die Schale weg.«

In Tarbes hatten wir mit den Ankommenden ein Problem, da sich der Übergang über die Pyrenäen als äußerst schwierig erwies. Er führte über fast unpassierbare Schluchten und Pfade. Verpflegung, Schuhe, die notwendigen Informationen und die Verständigung mit London gaben immer wieder neuen Anlaß zur Sorge. Grünes Licht wurde uns über die BBC gegeben. So hieß es zum Beispiel: »Die Musketiere mögen auf ihre Pferde steigen!« und schon wußten wir, daß man auf der anderen Seite der Pyrenäen auf unseren »Transport« wartete. Zeitweise hatten wir einige unserer »Postpakete« im Hospital von Tarbes untergebracht und zwar auf der Isolierstation. Es war uns bekannt, daß das Hospital regelmäßig von Polizisten inspiziert wurde, mit dem Verdacht, unter den Kranken weniger kranke »Terroristen« zu entdecken. Niemals jedoch wagten sich Polizisten auf die Isolierstation, denn der Chefarzt dort »versorgte« sie bestens mit Schauergeschichten über Pest und Typhus.

In einer Winternacht wurde ich von Tristan aus dem Bett geholt. Er kam keuchend, trotz Schneegestöber, mit seiner Tochter zu mir und begann mit der unglaublichen Nachricht, die fünf Amerikaner, die wir auf einem kleinen Bauernhof untergebracht hatten, hätten sich trotz strengsten Verbots Alkohol verschafft und völlig betrunken ein Freudenfeuer angezündet. Das Bauernhaus stehe in Flammen – und das in einer Sperrzone für Zivilisten. Wir eilten, so schnell es ging, zum Unglücksplatz. Es war eine gottverlassene Gegend, und Alarm war zum Glück noch nicht gegeben. Frau, Kinder und Bauer standen fassungslos vor den rauchenden Trümmern. Ich versprach ihnen selbstverständlich Entschädigung und eine provisorische Unterkunft, wenn sie uns nach Tarbes begleiteten. Die fünf umherstehenden und recht niedergeschlagenen Amerikaner wollten sich rechtfertigen. Doch hieß ich sie zu schweigen. Wir mußten sie so schnell wie möglich abschieben. Ein Bergführer meldete sich, ein spanischer Offizier, der es wagen wollte, die völlig verschneiten Pässe mit den fünf »Postpaketen« zu überqueren. Er hatte seine Frau in Spanien gelassen und dachte, nach fünf Jahren das Risiko auf sich nehmen zu können, um sie zu besuchen. Er wollte es einfach wagen. Als republikanischer Offizier, der einem Gefängnis entflohen war, wußte er nur allzu gut, daß die größte Vorsicht geboten war. Die Wetterverhältnisse, meinte er, wären sein Schutz. Beim Morgengrauen zogen die sechs Menschen los. Sie kamen, trotz mancher Zwischenfälle, drüben an. Zwei erfrorene Beine und ein Arm mußten bei dreien der Amerikaner amputiert werden. Vasco, unser Bergführer, besuchte seine Frau, wurde aber von Nachbarn verraten und ins Gefängnis gesteckt.

Als mir diese Nachricht gebracht wurde, entschloß ich mich - es war inzwischen Frühling geworden - zu einer Zusammenkunft mit einem Beauftragten des *Service* auf der spanischen Seite der Pyrenäen. Auch Garcia wollte ich bei dieser Gelegenheit treffen. Es war viel Zeit vergangen, seit wir uns zum letzten Mal gesehen hatten, obwohl ich stets mit ihm in Verbindung blieb. Ich wollte versuchen, dank dem britischen Einfluß, der jetzt in Spanien zunahm, weil man dort nicht mehr mit dem Sieg des Dritten Reiches rechnete, Vasco zur Flucht aus dem Gefängnis zu verhelfen.

Ich übergehe die Schwierigkeiten des Bergsteigens auf unwegsamen Pfaden und unter schwierigen klimatischen Bedingungen. Unser Zusammentreffen fand in einer Köhlerhütte statt. Sie bestand aus rohen Baumstämmen. Nur über einem Holzkohlenfeuer in der Mitte des einzigen Raumes hatte das Dach eine Öffnung, einen Abzug für den Rauch. Über dem Feuer hing ein Kessel, in dem eine Bohnensuppe kochte. Um das Feuer saßen Lindsay, ein Offizier des *Service,* Garcia und ich. Etwas abseits lag Mario, der mich hierher geleitet hatte, schlafend auf einer Decke.

Es war so gegen zwei Uhr früh. Rings um uns der Kiefernwald und über uns ein klarer Sternenhimmel. Wir hatten die Probleme der »Linie« ins Auge gefaßt und alle notwendigen Vorkehrungen besprochen, die in den kommenden Wochen auf uns warteten. Den Fall Vasco hatten wir ebenfalls in Betracht gezogen. Garcia versprach, seinetwegen bei einem seiner Freunde, der ein hoher Beamter in einem Ministerium in Madrid war, zu intervenieren. Ich muß vorausschicken, daß dieser Besuch stattfand. Die genauen Umstände sind mir nicht bekannt, aber dem Freund Garcias gelang es, dem Kommandanten des fraglichen Gefängnisses in Figueras einen Haftentlassungsbefehl zukommen zu lassen. Doch an dem Tag, an dem der Kommandant Vasco entlassen wollte, erschien unerwartet ein General zur Inspektion. Dieser widersetzte sich im letzten Augenblick der Entlassung. Garcias Freund bezahlte seinen Freundschaftsdienst teuer. Ich traf Vasco elf Jahre später wieder, und er räsonierte: »Zehn Jahre Gefängnis für eine Liebesnacht mit meiner Frau sind ein zu hoher Preis.«

Wir saßen um das Feuer und philosophierten. Einzig die Glut der Holzkohle beleuchtete den Raum. Niemand von uns hatte Lust, die Bohnensuppe zu probieren, die langsam im Kessel verdampfte. Der Rauch zog durch die Öffnung im Dach ab, alles schien irgendwie unwirklich, und so benutzte ich diesen außergewöhnlichen Augenblick, um Garcia zu fragen.

»Wer sind Sie?« Er seufzte tief. Ich sah im rötlichen Schein der Glut seine Brillengläser glitzern. Lange schwieg er. Endlich antwortete er leise:

»Wer ich bin, ist eigentlich nebensächlich. Nehmen wir an, ich sei auf den Wegen des Daseins einen Schritt vorwärtsgegangen. Wir sollen ja in einer aufsteigenden Spirale langsam alle unsere Fähigkeiten entwickeln, um unserer menschlichen Berufung gerecht zu werden. In diesem Sinne ist Alchemie die Wissenschaft einer fundamentalen Wandlung. So ließe sich denken, wir besäßen Gehirnzellen, die nur angesprochen werden, wenn eine bestimmte Weichenstellung ihnen Schwingungen zugänglich macht. Es wären vielleicht Schwingungen, die ihrerseits wieder Vorstellungen bewirken, dank derer wir die in einem bestimmten Augenblick unseres Lebens notwendige Wahl treffen können. Demnach wären wir sozusagen der Weichensteller, der in einer umfassenden Sicht der Zusammenhänge unbetroffen und auch unbeeinflußbar die Weichen richtig stellt. Um der Blindheit für diese Weichenstellung zu entgehen und den Anschluß an höhere Vernunftebenen zu finden, um sich der Eingebung auch öffnen zu können, also intuitiv und inspiriert zu verstehen, ist es notwendig, ohne Angst zu sein. Möglich ist dies mit dem Wagnis, sich zu vergessen . . . Angstfrei ist allerdings nur derjenige, der im wahrsten Sinn des Wortes jeglicher Leidenschaft entsagt, also unbetroffen ist, kein Gefühl des Hasses kennt und auch von keinem Wunsch nach einem unbedingten Resultat geleitet wird. Seid jedoch überzeugt, daß Unbetroffenheit überhaupt nichts mit Gleichgültigkeit zu tun hat.

Viel mehr kann ich euch heute nicht erklären, aber eines möchte ich hinzufügen. Sie fragten, Frédéric, warum ich behauptete, in Jaca auf Sie ›gewartet‹ zu haben. Diese Frage ist wesentlicher, als man denkt. Sichtbare und unsichtbare Hierarchien – man kann sie höhere Vernunftebenen nennen – wirken im Universum. Versuchen wir nicht, sie zu beschreiben; es führt zu nichts. Jeder von uns ist bewußt oder unbewußt an diese Vernunftebenen angeschlossen, und wenn man sich seinen

Möglichkeiten entsprechend der Eingebung öffnet, ist man in einer ständigen Bereitschaft, an dem Ort, an dem man sich befindet, so zu handeln, wie es der unverwechselbare Augenblick befiehlt. Und im rechten Augenblick da zu sein, ist nicht Sache des Zufalls, sondern einer höheren Fügung.

Sie fanden Dereck im rechten Augenblick, Sie entschieden, wie im rechten Augenblick zu handeln sei, Sie trafen mich im rechten Augenblick, Ihr Verständnis kam Ihnen in Marseille im rechten Augenblick. Wenn Ihnen dies unablässig möglich wäre – ja, dann wäre die Meisterschaft greifbar nahe.«

»So wie bei Ihnen!« rief ich aus.

»Lassen Sie jede Gewißheit beiseite – sie irritiert nur.«

Das Feuer war erloschen, es begann bereits langsam zu dämmern, und wir entschlossen uns aufzubrechen. Lindsay wollte dorthin zurück, wo er sein Auto gelassen hatte. Garcia entschied sich, eine alte Gepflogenheit, das Bergsteigen, wieder aufzunehmen, und Mario wollte mich begleiten.

»Ich finde schon nach Jaca zurück«, meinte er, »sobald wir den Paß, der nach Frankreich führt, überquert haben.«

XIX

Vergiß deine Angst – vertraue denen, die uns leiten

Das Bergsteigen fiel mir unsagbar schwer, meine wund gelaufenen Füße schmerzten bei jedem Schritt. Mühsam kraxelten wir Moränen hinauf, ständig wieder ein Stück zurückrutschend, weil sich das Geröll unter unseren Tritten löste. Es war einfach schrecklich, unsere Widerstandskraft wurde auf eine harte Probe gestellt – wieder einmal. Wir passierten Eis- und Schneefelder und hangelten uns an glatten Felsvorsprüngen entlang. Von all der Schönheit, die uns umgab, nahmen wir fast nichts mehr wahr. Dabei blühten in dieser menschenleeren Gegend alle nur erdenklichen Arten von Alpenblumen. Und gar nicht weit entfernt entdeckten wir die nur in den Pyrenäen beheimateten und sehr scheuen Steinböcke, die sich beneidenswert schwindelfrei und mühelos durch dieses unwegsame Terrain bewegten.

Über die Baumgrenze waren wir bereits hinaus und näherten uns dem Paß, der die Grenze zwischen Spanien und Frankreich markierte. Plötzlich stießen wir auf ein junges Ehepaar, das sich erschöpft in einer kleinen Erdmulde zusammengekauert hatte. Die zwei jungen Leute waren ohne jegliches Gefühl für die Gefahr, in die sie sich in der Absicht, Frankreich zu verlassen, begeben hatten, in diese Einöde gelangt. Völlig ermattet und ohne Hoffnung, viel zu schwach für den Abstieg, hatten sie kapituliert und beschlossen zu sterben. Wir gaben ihnen das wenige, das wir an Proviant bei uns hatten. Sofort schöpften sie neuen Lebensmut und fragten uns um Rat. Wir sagten ihnen, es sei das beste, sich im ersten Dorf, das sie erreichten, der Polizei zu stellen.

»Man wird euch nach Miranda bringen. Es ist ein Auffanglager für alle illegal nach Spanien gekommenen Flüchtlinge. Dort werdet ihr allenfalls zwei bis drei Monate bleiben, dann schiebt man euch wahrscheinlich nach Nordafrika ab – wenn ihr die Überfahrt bezahlen könnt. Nordafrika ist ja von den Alliierten besetzt.«

Mit diesen Aussichten, dachte ich, würden sie es schaffen. Garcia gab ihnen eine warme Decke, denn in dieser Höhe war es bitterkalt, und die beiden jungen Leute hatten sich völlig unausgerüstet auf den Weg gemacht.

Hinter der Paßhöhe ging es hinunter nach Frankreich – ganz vorsichtig und wachsam begannen wir den Abstieg.

»Halt!« rief Garcia plötzlich.

Tief unter uns zeichneten sich drei Silhouetten ab, die kniend das Gewehr im Anschlag hielten – auf uns. Mario wollte schon seine Sten-Pistole aus dem Halfter reißen und feuern, als Garcia murmelte:

»Lächerlich, dein Schießeisen reicht doch gar nicht so weit, gehen wir denen dort völlig ruhig und gelassen entgegen. Nur so haben wir eine Chance.« Und mit einem Blick zu mir fügte er hinzu:

»Vergiß deine Angst, vertrau' all denen, die uns leiten, bewahre absolute Ruhe.«

Ich versuchte, diesem Rat zu folgen, und es gelang mir auch. Langsam, wie ein Schlafwandler, vergaß ich die Gefahr. Ein voreiliger Schuß, das war mir klar, konnte jeden Augenblick unser Leben beenden.

Eine Wolke hing wie eine Fahne am zackigen Felsen des Berggipfels. Der Wind stieß sie uns entgegen, und einige Minuten später waren wir von ihr eingehüllt und so den Blicken der drei Feldjäger, die auf uns zielten, entzogen. Der Wind stieß die Wolke weiter, sie begleitete uns, und in ihr rannten wir fort und aus der Gefahrenzone heraus. Ob gefeuert wurde oder nicht, weiß ich nicht. Als wir atemlos stehenblieben, war der schreckliche Spuk vorbei. Wir waren gerettet, und wir konnten nicht umhin, an ein Wunder zu glauben.

Garcia verließ uns, Mario und ich kehrten nach Tarbes zurück, und Tristan, froh mich wiederzusehen, sagte mir, daß sich ein »Pianist«, von London beordert, schon bald nach einem Fallschirmabsprung zu uns gesellen würde. Der Absprung fand, wie vorgesehen, nicht allzu weit entfernt statt. Wir zündeten an vorgesehener Stelle die vorgesehenen Lichtsignale in vorgesehener Weise, und Jacques – so der Name des Fallschirmspringers – landete ohne Schwierigkeit. Maurice, ein Freund Tristans, fungierte als Chauffeur eines Citroën, den wir uns von der Wehrmacht »geborgt« hatten. In diesem Wagen, dachte ich, würden wir die wenigen Kilometer, die den Sprungort von Tarbes trennten, unbehelligt zurücklegen können. Auch hatten wir die notwendigen Ausweispapiere angefertigt. Sie schienen echt und sollten einer möglichen Kontrolle standhalten. Ein Marschbefehl, auf meinen Namen ausgestellt, war Rechtfertigung genug für die Benutzung eines Wehrmachtswagens.

Jacques erreichte den Boden in bester Verfassung. Sein Funkgerät mit verschiedenen Ersatzteilen, seinem Code und anderem mehr, war in einem Container ebenfalls gelandet. Den Container vergruben wir zusammen mit dem Fallschirm. Das Funkgerät mit den Ersatzteilen wurde in einem unscheinbaren, fast schäbigen Koffer verpackt, der ebenfalls vom Himmel gefallen war.

Gegen vier Uhr früh fuhren wir heim. Kaum einige Kilometer vom Landeziel entfernt, versperrte ein Baum die Durchfahrt; er lag quer über der Straße. Wir hielten an und waren im Nu von einem bewaffneten Kampftrupp umzingelt, der aufgeregt durcheinanderschrie. Die verschiedenen Waffengattungen seiner Ausrüstung deuteten auf ein »Maquis«. *Maquis* heißt auf französisch *Dickicht,* bezeichnet jedoch auch eine Widerstandsbewegung. In ihre »Fänge« also waren wir geraten. Die Gelegenheit, ein deutsches Militärauto zu kapern und die verruchte Miliz im Handstreich zu liquidieren, konnte für die neugebackenen Freiheitskämpfer doch nur ein »gefundenes Fressen« sein. Um so heikler war die Situation für uns. Und es war überaus schwer, sie zu überzeugen. Jacques, der fließend französisch sprach, zeigte ihnen den Sender und den Code, und so glaubten sie uns endlich - nach zwei langen Stunden, die uns wie eine Ewigkeit vorkamen undd in denen wir uns mehr als einmal schon erstochen oder erschlagen sahen. Und all dies, obwohl wir behaupteten, Offiziere der Alliierten zu sein und zwar trotz unserer deutschen Papiere, trotz des Wehrmachtswagens, schließlich auch trotz der französischen Papiere, die ich aus unerfindlichen Gründen nicht zuhause gelassen hatte.

Als die Widerstandskämpfer von unserer Integrität überzeugt waren, taten wir ihnen andererseits in unserer ausgestandenen Todesangst auch wieder leid, und um uns zu versöhnen, schenkten sie uns einen Korb Kirschen, den wir gerne annahmen und sichtbar oben auf dem Gepäckträger unseres Wagens befestigten. Die Straßenbarriere wurde entfernt, und so starteten wir von neuem.

Jacques, der an diese Kriegswirren nicht gewöhnt war, hatte zwar mit diesem Zwischenfall eine erste Feuerprobe bestanden. Doch die nächste erwartete uns bereits. Es war eben ein denkwürdiger Tag . . .

Nicht weit vom Standort dieses »Maquis« entfernt, wurden wir erneut aufgehalten, diesmal von einem Trupp der Wehrmacht selbst.

»Halt! Aussteigen! Raus!« – dröhnte es. Die Sprache der auf uns gerichteten Maschinenpistolen war eindeutig. Wir sprangen aus dem Wagen, und Maurice und Jacques warfen instinktiv die Hände hoch. Ich selbst wechselte – ich weiß nicht wie – wieder in diesen anderen Bewußtseinszustand, von dem ja schon oft die Rede war. Unbetroffen, als wäre ich nur Zuschauer, wandte ich mich an den kommandierenden Offizier und fragte auf deutsch:

»Nanu, was gibt's denn?«

»Die Papiere!« rief er schneidend. Darauf reichte ich ihm nicht etwa den vorbereiteten deutschen Marschbefehl, sondern meinen französischen Personalausweis.

»Sie sind Franzose?« fragte der Kommandant ungläubig.

»Wenn es da steht, muß es wohl so sein«, antwortete ich möglichst unbefangen, aber bewußt verständnisinnig.

»So, so«, meinte der Kommandant gedehnt, und ich erkannte, daß meiner Eingebung entsprechend eine bestimmte Vorstellung von ihm Besitz ergriff. Er mußte demzufolge annehmen, ich sei mit einer geheimen Mission betraut, die mich zum Franzosen stempelte. Seelenruhig fing ich an, die Kirschen zu verteilen. Die Spannung sank. Ich wandte mich wieder Jacques zu und sagte auf deutsch:

»Wir sind doch unter Freunden!« Da rieselte es plötzlich aus Jacques' Hosenbeinen. Ein Feldwebel mußte es bemerkt haben, denn sofort nahm er den Koffer aus dem Wagen und legte ihn auf die Straße.

»Sie kontrollieren unser Gepäck?«, fragte ich erstaunt und mit hochgezogenen Augenbrauen.

»Nein, in Ordnung«, sagte der Offizier knapp, sich an den Feldwebel wendend.

»Ich tue nur meine Pflicht!« entgegnete dieser.

»Klick, klick« - machten die zwei Kofferschlösser - und eine Sekunde später wäre alles vorbei gewesen. Genau in diese Sekunde platzte unüberhörbar mein »Disziplin schwach«.

Das war wie ein Peitschenschlag. Ein vielleicht »großes Tier« der gefürchteten Gestapo beanstandete die Disziplin. Das war gefährlich.

»Rein mit dem Gepäck!« brüllte der Kommandant, und zögernd - spürbar zögernd - wurde sein Befehl befolgt. Aufatmend und erleichtert, hörte ich das Klick, Klick der wieder zugemachten Schlösser. Der tiefe Schatten, der sich eine Sekunde lang vor das Licht der Sonne geschoben hatte und alles um uns her zu verfinstern schien, verschwand. Wir stiegen wieder ein. Der Kommandant beugte sich zum Fenster und sagte:

»Zwanzig Kilometer landeinwärts stoßen Sie wieder auf eine Kontrolle. Das Kennwort heißt »Kapitän

Krause« - mein Name. Entschuldigen Sie die Unterbrechung.«

Er salutierte, und weg waren wir.

»Mein Gott, das war aber verdammt knapp«, stöhnte Maurice. »Ihre Nerven möchte ich haben.«

Ich antwortete nicht. Nerven? Nicht ihnen verdankte ich eine solche Gelassenheit. Diese Erklärung machte es sich zu leicht. Es war wieder jenes unbeschreibliche Etwas, das dem tiefinnersten Sein entspringt, wenn man sich ihm wirklich überläßt.

XX
Das Rad dreht sich

»Das Rad dreht sich«, hatte ich eines Tages einem General und seinen Gästen gesagt – und es hatte sich gedreht. Die alliierten Truppen waren in der Normandie und in Südfrankreich gelandet, die italienische Front war zusammengebrochen, in Rußland war der Rückzug in vollem Gange, in Frankreich nicht anders. Die deutsche Wehrmacht wurde überall auseinandergesprengt, und Soldaten der verschiedensten Stützpunkte verloren so den letzten Kontakt zur Haupttruppe. Die Befreiung der besetzten Gebiete bedeutete für viele den Tod.

Der Jubel der Bevölkerung war groß, aber genauso der Haß und der Wunsch nach Vergeltung. Mehr denn je war mir bewußt, welche Grausamkeiten aus dem Haß erwachsen. Der Mensch verliert jegliche Beherrschung, und so mancher »brave« Bürger schreit nach Blut. So war es eh und je, so war es damals, so ist es heute. Und morgen?

Widerstandskämpfer – Männer wie Frauen – metzelten nicht nur den Feind von gestern nieder, sondern auch all jene, die ihm oft nur unter Zwang gedient hatten.

Es war eine schlimme Zeit, und da sich ähnliche Vorfälle heute in anderen Ländern wiederholen, möchte ich die Atmosphäre von damals aufleben lassen, und sei es nur, um das Unverständliche für einen Augenblick verständlich zu machen.

Inzwischen war ich sechsunddreißig Jahre alt geworden, und London hatte mich zum Major ernannt. So zog ich eine zusammengeschneiderte Uniform an und versuchte, meine Leute im Zaum zu halten. Da die vom Gros der Truppe abgeschnittenen kleineren Militärabteilungen gehört hatten, ein britischer Offizier habe seinen Wohnsitz bei Tarbes, kamen sie gruppenweise, vor allem nachts, um sich zu ergeben. Sie kannten die Aussichtslosigkeit einer Flucht quer durch Frankreich. Es handelte sich meistens um ältere Jahrgänge, und ich entsinne mich, wie ich meine ersten »Gefangenen« empfing.

Schauplatz war ein Bauernhof. Ich befahl den ersten, die sich ergaben, ihre Waffen abzulegen. Darauf setzten wir uns alle in einen Kreis. Ich fragte sie nach ihrer Stationierung und ihrem Regiment. Warum, wußte ich eigentlich auch nicht genau. Nur eines wußte ich sicher; ich hatte vor, sie bei erster Gelegenheit den von Süden kommenden regulären Truppen zu übergeben. Bis dahin mußte ich mich in irgendeiner Weise um sie kümmern.

Das erste Dienstbuch, das man mir reichte, enthielt die Fotografie einer Frau und mehrerer Kinder, und sofort geriet das Gespräch in sehr unmilitärische Bahnen. Später wurden dann die »Gefangenen« – allerdings mehr, um sie vor der Bevölkerung zu schützen, als um einen Fluchtversuch zu verhindern – in einen Schuppen gesperrt. Und ich versuchte, so gut es ging, das Notwendigste an Lebensmitteln herbeizuschaffen. Die Betreuung von ungefähr zwanzig Menschen war gerade unter den gegebenen Umständen keine Kleinigkeit.

Abends feierte man in Tristans Bistro den Sieg. Gebrüll, Gejohle, Tanz, Musik und Freude waren der Ausdruck einer lang erwarteten Befreiung. Der Krieg – so schien es – war zu Ende. Doch er schwelte weiter.

Plötzlich kam ein junger Bursche, den wir bei den Gefangenen zurückgelassen hatten, atemlos hereingerannt. Er zog mich beiseite und berichtete fassungslos:

»Die Spanier waren da. Unsere Bergführer wie ihre hier ansässigen Landsleute. Sie haben Handgranaten durch die Dachluken geworfen. Die Scheune ist abgebrannt, und alle Insassen sind verkohlt.«

So schnell ich konnte, fuhr ich mit dem Fahrrad zurück. Die Greuel, das Grauen, das sich unseren Augen bot, war furchtbar. Eine solche Barbarei durfte sich nicht wiederholen. Am nächsten Morgen versammelte ich alle meine Leute und vor allem die spanischen Bergführer und erklärte unmißverständlich, ich würde persönlich jeden erschießen, der sich meinen Befehlen widersetze. Und jeden, der sich einer Fahrlässigkeit schuldig mache, würde ich unverzüglich dem Kriegsgericht übergeben. Die Bewachung von Gefangenen, ob freiwilliger oder aufgegriffener, sei eine Ehrensache. – Das Prestige der Uniform wirkte, aber der Protest war groß. Bereits einige Tage später mußten wir mit schußbereiten Waffen die deutschen Soldaten schützen. Es hätte nicht viel gefehlt, und wir hätten von unseren Waffen Gebrauch machen müssen. Denn unsere Landsleute, von Fanatikern aufgewiegelt, forderten das Blut der »Verbrecher«.

Auch diese Zeit ging zu Ende, und so kam es, daß ich bereits einige Jahre später als Gast der Bundeswehr am

Rhein saß. General von Choltitz* und ich tauschten Erinnerungen aus. Jeder hatte auf den anderen einen Toast ausgebracht – der General aus Dank dafür, daß ich mein Bestes tat, und ich ihm zum Dank für die Rettung von Paris. Wir fielen uns in die Arme.

Eine spontane Geste wurde zum Symbol des Irrsinns aller Konflikte.

Bevor ich Tarbes mit Jacques in einem Fieseler Storch in Richtung Paris – Le Bourget, dem Flughafen, verließ, geschah noch etwas. Dieses letzte Ereignis aus der bewegten Nachkriegszeit ist eines der Beispiele für ein »Heroentum«, das Zeiten wie jene ebenso eindrücklich aus sich hervorbringen.

Es handelt sich um den Tod eines SS-Sturmführers in Foix. Eine Gruppe Freiheitskämpfer hatte ihn gefangengenommen und beschlossen, ihn zu erhängen. Ich wurde aufgefordert, dieser Hinrichtung beizuwohnen. Ich tat es – nicht aus Schaulust, sondern weil ich versuchen wollte, diesen verhaßten Menschen, an dessen Händen mit Sicherheit viel Blut klebte, der Scheinjustiz zu entziehen. Es gelang mir allerdings nicht, und letztlich verwunderte mich dies auch nicht.

»Zum Teufel mit der Genfer Konvention.« schrie der Anführer des Trupps mich an. »Der Bluthund muß hängen.«

Es mag sein, daß dieser SS-Mann den Tod verdiente.

---

* Hitler hatte befohlen, Paris zu zerstören. Stoßtrupps der SS hatten bereits das Sprengmaterial an verschiedenen Orten deponiert. Von Choltitz, damaliger Wehrmachtsbefehlshaber von Paris, weigerte sich, den Befehl Hitlers auszuführen, und rettete so die Stadt.

Aber das »Aug' um Auge, Zahn um Zahn« hat noch nie den Frieden gefördert.

Ein kleines Raupenfahrzeug wurde herbeigeschafft, man hievte den fast zwei Meter großen, blondhaarigen Mann in der schwarzen SS-Uniform auf die Plattform und legte ihm eine Schlinge um den Hals. Der Strick wurde am Ast einer Platane befestigt. Dem Gefangenen selbst band man auf seinen Wunsch hin die Hände los.

»Tod, Tod, Tod!« schrien die Anwesenden im Chor. »Tod, Tod, Tod!« hallte das Echo von der Felswand. Ein junger Bursche sprang von der Plattform des Raupenfahrzeugs herunter und kommandierte den Fahrer:

»Los!«

Der Fahrer tat, wie ihm geheißen, doch kaum fuhr er mit einem Ruck los, riß der Strick, und der fast Erhängte fiel zu Boden in den Staub. Er stand jedoch sofort auf, entledigte sich der Schlinge, die noch um seinen Hals hing, setzte sein Monokel, das an einer dünnen schwarzen Schnur befestigt war, vors Auge, wischte mit einer lässigen Handbewegung den Staub von seiner Hose und rief in gutem Englisch dem verdutzten Fahrer zu:

»Rückwärtsgang!«

Wahrer Mut findet immer Bewunderung. Großes Schweigen herrschte. Das Raupenfahrzeug machte erneut vor dem Gefangenen halt. Der SS-Offizier nahm den neuen Strick, den man ihm reichte, und verfertigte ohne Zögern eine Schlinge, durch die er seinen Kopf zwängte. Sich auf die Zehen stellend, wickelte er das andere Ende des Stricks einige Male um den Ast der Platane und kommandierte selbst:

»Los!«

So erhängte er sich.

Jacques und ich kamen in einem Paris an, das völlig verwandelt war. Bevor ich einige Zeilen dieser Verwandlung widme, möchte ich einen spaßigen Zwischenfall erwähnen. Sowohl Jacques wie ich selbst waren in Uniform, doch in was für einer Uniform! Die Töchter von Tristan hatten sie zusammengeschneidert; Stoff, Farbe und Schnitt ähnelten nur sehr entfernt dem britischen Modell. Paris war amerikanische Zone, und als wir auf dem Flugplatz die Militärkontrolle passierten, hörten wir, wie ein GI den anderen fragte:

»Was ist denn das für eine Uniform?«

»Eine bulgarische«, war die prompte, wenn auch unerwartete Antwort, denn der brave Krieger schien zu vergessen, daß Bulgarien Feindesland war . . .

Unsere Papiere waren gottlob in Ordnung, und so eilte ich nach Hause. Natürlich war die treue Zell überglücklich, mich wiederzusehen.

Ein neues Kapitel begann.

XXI

»Der Krieg ist der Vater aller Dinge«
(Heraklit)

Die Befreiung hatte Folgen, die der Geschichte dieser Zeit angehören. Sie waren politischer, sozialer und wirtschaftlicher Natur. Doch eines ist gewiß – sehr weise waren die, die sie auslösten, nicht. Alle Politiker in der ganzen Welt suchen den Sieg in eigener Weise zu nutzen, ohne zu begreifen, daß genau diese Absicht den Samen zu neuen Konflikten legt, die über kurz oder lang wieder zu neuen Kriegen führen.

Paris war, wie gesagt, verwandelt. Ich konnte nicht einen Schritt tun, ohne daß mich junge Menschen umringten und mir für die Befreiung dankten. Die Freude war groß, doch auch der Wunsch, sich zu rächen, und sei es nur unter patriotischem Aspekt. So wurden viele eingesperrt, oft nur aus Neid, und manchen holte ich aus einem der Lager heraus, weil nichts seine Internierung rechtfertigte. Als englischem Offizier in der damals amerikanischen Zone war mir dies möglich.

Eines Tages ließ mich Dereck wissen, daß er als nächste Mission für mich vorsehe, im Fallschirm über Berlin abzuspringen. Ich sollte die Alliierten dort erwarten, meinte er, denn Berlin würde zu einer von den vier Siegermächten besetzten Stadt. Der Krieg war nicht zu Ende, obwohl Frankreich befreit war. Die Gegenoffensive von Runstedt in den Ardennen war in vollem

Gange, und ich gestehe offen, die Aussicht auf einen Fallschirmabsprung über der Reichshauptstadt gefiel mir ganz und gar nicht. Es stand außer Zweifel, im Rahmen eines solchen Plans erwarteten mich unsägliche Schwierigkeiten. Auch war ich im ganzen gesehen sehr enttäuscht, denn das Ideal einer Nachkriegswelt, das mir vorschwebte, entpuppte sich als fast sträfliche Illusion.

Dereck wußte inzwischen sehr genau um meine neuen »Ambitionen«, meine Vorliebe für Metaphysik, für die Erste Philosophie, und all ihre menschenverändernden Problemzusammenhänge im Licht unkonventionellen und vielleicht nur vergessenen Wissens. Deshalb schickte man mir eine Anzahl Dokumente, die man in Deutschland gefunden hatte. Alle diese Schriften befaßten sich mehr oder weniger mit dem Gedankengut und dem ideologischen Hintergrund des Nationalsozialismus. Aus der neuen Sicht der Dinge, wie sie mir nach der so überaus entscheidenden Begegnung mit Garcia und der Herausforderung meines Lebens eigen war, erwies sich das Studium dieser Texte als ungewöhnlich lehrreich. Manches Unverständliche wurde verständlich. Vieles ist sicher seither darüber berichtet worden, deshalb will ich es hier übergehen.

Ich lernte meine zukünftige Frau kennen. Heidi bat mich, die noch notwendigen Schritte einer Scheidung in die Wege zu leiten, da sie sich mit einem Amerikaner verlobt hatte. Insofern gab es keine Schwierigkeiten; die Scheidung wurde kurzfristig ausgesprochen. Die Kinder blieben vorläufig noch in England, denn, wie gesagt, der Krieg ging weiter.

Die Art und Weise, wie ich meine zukünftige Frau

kennenlernte, mag zu diesem Bericht passen, weil sie dem »Zufall« entsprechen, an den man glaubt oder nicht glaubt.

Einige Kameraden aus Tarbes waren in die Hauptstadt gekommen, und ich ging mit ihnen aus, ins *Tabarin,* eines der wenigen offenen, größeren Lokale, in denen getanzt wurde. Jacques begleitete uns und wollte tanzen. Und mich bat er um den »Auftakt«:

»Herr Major, Ihnen gebührt der erste Tanz«, meinte er, auf meinen Titel anspielend. Ich hatte wenig Lust, seiner Bitte zu folgen, wollte ihn aber nicht enttäuschen. So drehte ich mich um und sah den Rücken einer blonden Frau mit langem offenen Haar. »Die oder eine andere, was macht das schon«, dachte ich, stand auf und näherte mich der Unbekannten, deren Gesicht ich ja nicht sah. Von diesem Augenblick an begann unser gemeinsames Leben, denn der allmächtige »Zufall« hatte ein für alle Mal entschieden.

Die Berliner Mission mußte vorbereitet werden, und so ließ ich Geneviève in Paris, als ich nach London flog. Eigentlich hatte ich gar nicht vor, sie zu heiraten. Ich erreichte London. Die Programmierung im einzelnen nahm ohne sonderliche Begeisterung bei mir ihren Lauf.

»Sie scheinen niedergeschlagen«, meinte ein Offizier, der Derecks Stelle eingenommen hatte, denn Dereck war inzwischen zum General befördert worden.

»Warum schreiben Sie nicht einen Film über Ihre Erlebnisse? Christine, die Sekretärin von Lord Asquis, dem Filmmann, kann Ihnen dabei behilflich sein. Suchen Sie sie doch auf.«

Ich entschloß mich tatsächlich, es zu tun und zwar an einem nebligen Abend, so neblig, daß ich kaum die Glocke an der Haustür finden konnte. Noch immer fielen V2-Raketen auf die Hauptstadt; deshalb war alles verdunkelt. Christine selbst öffnete, und ich erzählte ihr, was mich zu ihr führte. Sie war begeistert und riet mir:

»Sie brauchen als Hauptdarstellerin eine Frau. Sie soll schön, rein und heldenhaft sein. Vielleicht könnte sie von einem bösen Feind vergewaltigt werden und sich dann in eben diesen ›bösen‹ Feind verlieben. So etwas mag das Publikum.«

»Nicht schlecht«, antwortete ich ironisch, »nur, was dann? Wäre es so, erwartet sie nichts Gutes. Nach der Befreiung würde man ihr den Kopf kahl scheren.« Ich habe mehr als einmal erlebt, wie unter dem Höhnen der Anwesenden Frauen, denen man intime Beziehungen zu Soldaten der Besatzungstruppe zur Last legte, ratzekahl geschoren wurden. Manchmal völlig ungerechtfertigt. Wir Sieger – nicht anders als die Besiegten – sind eben nicht friedfertig.

Ich setzte mich hin, um eine reine Heldin zu beschreiben, und beschrieb eigentlich Geneviève. Als ich dies erkannte, sandte ich ihr ein Telegramm:

»Willst du mich heiraten?«, und zurück kam die Antwort:

»Ja«.

Vielleicht war es dieses Telegramm, das mich abhielt, das Filmskript zu verfassen. Die wahren Heldinnen sind anders, als man sie sich vorstellt. Ich erhielt Kurzurlaub, flog nach Paris und wurde krank – Gallenblasenentzündung. Der Offizier auf Derecks Posten kam mich besuchen und sagte mir etwa folgendes:

»Seine Majestät verleiht Ihnen den Orden des British

Empire für hervorragende Verdienste. Ich gratuliere.« Bevor ich danken konnte, räusperte er sich.

»Wir möchten gerne, daß Sie britischer Staatsbürger werden. Seine Majestät könnte Ihnen vielleicht sogar das Adelsprädikat verleihen. Nicht sofort, doch sicherlich später, denn um in Berlin mit einem bedeutenden Posten betraut zu werden, müssen Sie Engländer sein.«

»Ich will keinen bedeutenden Posten in Berlin«, erwiderte ich heftig, »ich will heiraten und meine Kinder erziehen. Für mich ist der Krieg beendet!«

»Keineswegs«, brauste er auf, »in Deutschland geht er vorläufig weiter, und in Asien ist nichts beendet. Wenn Sie auf Ihrer Weigerung bestehen, schicken wir Sie an die japanische Front, und dann mit einem ›One-way-ticket‹, einer Fahrkarte ohne Rückkehr!«

Er hatte laut gesprochen; Geneviève hatte im Nebenzimmer den Tee bereitet. Ich lag im Bett. Als sie die erregte Stimme hörte, dachte sie, der Moment sei gekommen, uns den Tee zu bringen. Sie trat ein, der Offizier des *Service* stand auf, begrüßte sie – und gab klein bei, alles in feinster englischer Art. Ihr zugewandt, verbeugte er sich mit den Worten:

»Cherchez la femme!« – ja, ja die Frauen!

Wir tranken Tee und vergaßen den Streit. Er überreichte mir in einem schönen Etui den Orden, der mir dann später offiziell übergeben wurde, verabschiedete sich und sagte so nebenbei:

»Wir werden Ihnen, wie Sie es wünschen, in kürzester Frist die Entlassungspapiere senden. Wir zählen auf Ihre Diskretion. Sie kennen so manches, was nicht für die Öffentlichkeit bestimmt ist. Kann ich mit Ihrem Stillschweigen rechnen?« Ich versprach es und hielt Wort.

Es begann nicht nur ein neues Kapitel, sondern ein neues Leben.

Epilog

Der Begriff *Epilog,* aus dem Griechischen kommend, bezeichnet ein Nachwort oder auch einen Abschluß. In diesem Fall wurde der Epilog zum Auftakt eines neuen Bewußtseins. Ich ließ absichtlich im Laufe dieser Erzählung manche Begebenheiten unerwähnt, denn wie immer in einem Krieg sind die Greueltaten der einen oder anderen wohl unvermeidlich. Doch abgesehen von dieser Tatsache, die in der ganzen Welt Menschen in gegenseitigem Aufeinanderprall zu Haß, Furcht und Leid verurteilt, ist es möglich, eine Schwelle zu überschreiten und zu einer Gelassenheit zu finden, in der wir dem Haß, der Furcht und dem Leid entgehen können. Dies ist jedoch nur dann möglich, wenn wir begreifen, daß Unwissen verblendet. Erst wenn wir es abstreifen, handeln wir unbetroffen, wenn auch nicht gleichgültig. Jedwede ideologische Beeinflussung wäre dann undenkbar. Nichts könnte uns das Denken abnehmen, nichts würde es tun, denn wir wären es selbst, die sich frei in diesem Denken übten und erprobten – in jener Herausforderung, die unser Leben ist, und über die wir entscheiden müssen. Nur frei läßt sich wahre Vernunft zur Geltung bringen. Garcia wies mir einst diesen Weg, er half mir, das Tor zur inneren Reife zu öffnen. Und dieses Tor wiederum öffnet jenes andere, große, das Tor zur Freiheit. Hinter ihm beginnt eigentlich erst die Welt, vor ihm liegt nur diejenige der Konventionen, der logischen wie der moralischen.

Ein Epilog ist auch in anderem Sinne ein Abschluß. Und so will ich kurz erzählen, wie es einigen der handelnden Personen in diesem Bericht erging.

Heidi zog nach Amerika, Geneviève und ich nahmen die zwei Töchter zu uns, und ein Sohn wurde geboren.

Es sei nur beiläufig erwähnt, daß ich große Schwierigkeiten hatte, mich wieder im Alltag zu bewegen und ein »normales« Leben zu führen. Zudem wollte ich die Erfahrung der Kriegszeit umsetzen, um anderen Menschen zu einem Denken zu verhelfen, das vielleicht wiederum einen dritten Weltkrieg verhindern hilft. Diese Sorge, dieser Wunsch führten zu Begegnungen, die im Lauf der Jahre immer regelmäßiger wurden: in meinem Vaterhaus auf der französischen Seite des Genfer Sees, im Schwarzwald und in der Schweiz. Eingeladen wurden zu diesen Zusammenkünften Männer und Frauen, die sich ganz bewußt um ein Erwachen in der Welt bemühten – jeder auf seine Weise.

Menschen ihre wahre Berufung und ihre wahre Verantwortung bewußt zu machen, ist nicht leicht. Wir kamen zusammen und tauschten Erfahrungen aus, studierten gemeinsam östliche und westliche Traditionen, um das Bestmögliche zu versuchen. Garcia machte uns mit äußerst wichtigen Dokumenten bekannt, die die hermetische, gnostische, westliche Tradition in ein ganz neues Licht stellten. Kurz, wir arbeiteten.

Jahre verstrichen, Garcia verließ uns und teilte uns mit, er ginge nach Kleinasien ins Drusische Bergland, wo sich bedeutende Ereignisse vorbereiteten. Mein Schwiegervater, der an diesen Zusammenkünften teilnahm, da er selbst als Schriftsteller an all den fraglichen Problemen äußerst interessiert war, versuchte einige Jahre darauf, die Spuren Garcias im Dschebel Druze wiederzufinden, doch vergeblich.

Tristan und alle Kameraden aus der Kriegszeit setzten ihrem jeweiligen Beruf entsprechend ihr Leben fort, als ob nichts geschehen wäre. Vor kurzem starb Tristan.

Jacques gründete eine Familie und lebt in Monaco. Enge Beziehungen, von außergewöhnlichen Umständen gefördert, lösen sich jedoch auch wieder, sobald die gemeinsamen Interessen verschwinden. Wir kamen noch hin und wieder zusammen, um in »Kriegserinnerungen« zu schwelgen. Doch nahm ich eigentlich nur deshalb an diesen Treffen teil, weil ich mir darüber im Klaren war, daß es sich um etwas anderes handelte als bloß um die Genugtuung eines vergangenen »Heroismus«. Natürlich spielte auch die Freude daran eine Rolle – ich will dies nicht völlig verkennen. Doch handelte es sich nur um totes Material der Vergangenheit, waren diese Treffen ohne Sinn. Für mich waren sie es nicht, weil neben der wachgerufenen Erinnerung auch zugleich etwas anderes wachgerufen wird – vielleicht nur für den Bruchteil einer Sekunde: jener Zustand, in dem man sich selbst überhoben war, also das, was man das »große Leben« nennen könnte. Und diese Erinnerung hat einen außerordentlichen Wert.

Dereck lebt heute zurückgezogen in Schottland.

Ich selbst bemühe mich, Menschen zu einem anderen Bewußtsein zu verhelfen. Es muß ja nicht unbedingt das harte Schicksal sein, das den Menschen früher oder später zwingt, sein Menschtum zu bezeugen.

Kant sagt: »Nichts ist schwerer als zu lernen, ein Mensch zu sein.«

Dies scheint mir nicht nur richtig, es ist wahr. Jeder Mensch ist letzten Endes die lebende Zelle eines lebenden Ganzen, und er kann nicht glücklich sein, wenn er die ihm zukommende Aufgabe nicht erkennt, nicht annimmt und nicht erfüllt.

Das Vertrauen, einer höheren Vernunftebene zugeordnet zu sein, versetzt Berge. Keinen anderen Sinn, als dies zu verdeutlichen, hat meine Schilderung. Man könnte auch sehr viel einfacher sagen, Gottvertrauen genüge – selbstverständlich. Denn das Wort »liebet einander«, ist Ausdruck des göttlichen Gesetzes. Liebe setzt Verständnis voraus, und Verständnis ist eine Gabe des Lebens, die sich uns mitteilt, wenn wir die Erfahrungen des Daseins in rechter Weise verwerten.

Weitere Bücher aus dem Aurum Verlag

John G. Bennett

GURDJIEFF – DER AUFBAU EINER NEUEN WELT

Aus dem Engl. von H. F. M., 344 S., mit 12 teils ganzs. Abb., Anhang, Index, Pers.-Reg., geb.

Gurdjieff, einer der geheimnisvollsten Denker unseres Jahrhunderts, war ein außerordentlicher Mensch, der einen tiefen Eindruck auf jene machte, die ihm begegneten. Vielen noch unbekannt, weithin unverstanden, abgewehrt oder vergessen scheint das Denken des Mannes, der erstmals in den frühen zwanziger Jahren nach Europa kam, in Frankreich eine als die »Waldphilosophen« bekannte Schule gründete, einen Kreis bemerkenswerter Männer und Frauen an sich zog, bis er dann 1935 nahezu völlig aus dem Blickfeld verschwand. Erst nach seinem Tode, am 29. Oktober 1949, begannen seine Anhänger mit der Veröffentlichung seiner Schriften.
Mehr als 30 Jahre stand G. Bennett mit Gurdjieff in Verbindung, mehr als 50 Jahre trug er dazu bei, Gurdjieffs Ideen zu verbreiten; er war einer der wenigen, die sich mit Gurdjieff in dessen Muttersprache unterhalten konnten. Doch geht es ihm um mehr als nur eine Biographie. Bennett fragt nach dem geschichtlichen Standort der von Gurdjieff neu begründeten Traditionen zentralasiatischer »Weisheitsschulen«; es geht ihm um den geheimen Quellpunkt von Gurdjieffs »System«, um die Frage Gurdjieff'schen Denkens: »Was ist der Sinn, was die Bedeutung des Lebens auf der Erde im allgemeinen und des menschlichen Lebens im besonderen?« Gurdjieff zeigt uns, daß wir uns nicht mehr länger dieser Frage werden entziehen können, wenn unsere selbstsüchtige und gefühllose Haltung gegenüber dem Leben auf der Erde unter dem Druck der Ereignisse zusammenbricht. Deshalb kann Bennetts Buch beste Hilfe sein für den verlockenden Versuch, Gurdjieffs Denken wiederzuentdecken, neu zu entziffern und für die Probleme unserer Zeit, für unsere Probleme fruchtbar zu machen.